Ingrid J. Poljak
Rot wie Blut

 tredition®

© 2019 Ingrid J. Poljak
Umschlaggestaltung: © Ingrid J. Poljak
Coverfoto: © Elfi Schwal

Verlag: tredition GmbH, Hamburg

Paperback	ISBN	978-3-7482-2975-9
Hardcover	ISBN	978-3-7482-2976-6
eBook	ISBN	978-3-7482-2977-3

Bibliografische Information der Deutschen Nationalbibliothek:
Die Deutsche Nationalbibliothek verzeichnet diese Publikation in der Deutschen Nationalbibliografie; detaillierte bibliografische Daten sind im Internet über http://dnb.d-nb.de abrufbar.

Homepage der Autorin: https://www.ingrid-j-poljak.com

Ingrid J. Poljak

Rot wie Blut

Kriminell!

Acht böse Kurzgeschichten

Inhalt

1 *Anderswo* gewann 1991 den Abschlusswettbewerb der Schreibschule Hamburg und wurde 2014 im eBook *Auch Mord ist (k)eine Kunst* vom Verlag Stories&Freinds erstveröffentlicht.

2 *Bilderleiche* und *Witweneinmaleins* wurden 2014 ebenfalls im eBook *Auch Mord ist (k)eine Kunst* erstveröffentlicht.

Lara

Als wir im letzten Jahr nach Lamberg übersiedelten, wussten wir noch nichts über die Drosendorfs. Unsere Gärten sind zwar durch eine zwei Meter hohe Mauer voneinander getrennt – wir hätten uns nie auf einem Grundstück niedergelassen, auf dem wir den neugierigen Blicken unserer Umgebung ausgesetzt gewesen wären – aber vom Fenster meines Arbeitszimmers aus kann man ein Stück der Drosendorfschen Terrasse sehen, und zwar gerade jenen kleinen, aber wichtigen Ausschnitt, auf dem bei schönem Wetter tagtäglich Armlehne an Armlehne die beiden Liegestühle standen.

An jenem Tag, als ich sie das erste Mal bemerkte, arbeitete ich an einer Kurzgeschichte, die von einem Mord handeln sollte. Ich liebe Mord, allerdings war noch keiner meiner Morde auf 80 Zeilen unterzubringen gewesen. Ich kritzelte eine Leiche in mein Notizheft und dachte nach. Als ich mir einen Apfel aus der Küche holen wollte, fiel mein Blick durchs Fenster. Da unten war Drosendorf, ein dürrer, weißhaariger Herr, gerade dabei, die beiden Liegestühle aufzustellen, genau parallel zueinander und parallel zu den einfallenden Strahlen der Frühjahrssonne. Ich wartete, bis er heraufblickte, und winkte ihm zu, und er winkte zurück. Er rückte dann den Gartentisch an die beiden Liegestühle heran, brachte zwei Tassen, zwei Zeitungen, eine

Kanne Kaffee und kümmerte sich nicht weiter um mich. Als ich mit dem Apfel in der Hand wieder am Fenster vorbei meinem Mord entgegenschlich – ich wollte mich auf keinen Fall in ein Gespräch verwickeln lassen – sah ich ihn im rechten der beiden Liegestühle sitzen, die Zeitung über den Knien ausgebreitet, die Hand an der halbausgetrunkenen Tasse. Die Zeitung seiner Frau lag aufgeschlagen auf dem Tisch, auch in der Tasse seiner Frau stand noch ein Rest Kaffee.

Ich hatte keinen guten Tag fürs Schreiben.

Als ich zu Mittag wieder einen Blick aus dem Fenster riskierte, kam Herr Drosendorf gerade in meinen Terrassenausschnitt geschlurft, verrückte die beiden Liegestühle, sodass sie wieder parallel zur Sonne standen, schob auch den Tisch in die richtige Lage und brachte für seine Frau den Korb mit der Strickerei.

„Oder willst du nicht in der Sonne sitzen, Lara?"

Die Strickerei von Frau Drosendorf wuchs von Tag zu Tag, mein Mord blieb liegen. Ich kam dahinter, dass Herr Drosendorf alle zwei Stunden die Liegestühle nach der Sonne ausrichtete, auch dann, wenn er für Frau Drosendorf den Sonnenschirm aufspannte.

Eines Tages begegnete ich Herrn Drosendorf im Supermarkt. Er legte neben einigen Nahrungsmitteln auch Lockenwickler, Lippenstift und Nagellack in den Einkaufswagen. Er sagte, er hätte mich und meinen Mann gerne einmal zum Kaffee eingeladen, aber seine Frau sei schwer krank. Mein Mann kann alte Damen, um deren verschrumpelten Mund der rote Lippenstift sich wie ein Spinnennetz ausbreitet, nicht ausstehen, und ich mag auch nicht unbedingt einer Anhäufung von Lockenwicklern beim Kaffee gegenübersitzen. Ich war also froh, dass Herr Drosendorf uns nicht einlud.

„Bist du sicher, dass es eine alte Schachtel ist? Wir haben Frau Drosendorf ja noch nie gesehen", sagte mein Mann, als ich aus meiner liegenden Leiche eine hängende machen wollte.

Ich starrte aus dem Fenster. Drosendorf stand neben seinem Liegestuhl und hielt die Strickerei, die sich zu einem gut zwei Meter langen Schal entwickelt hatte, in die Höhe.

„Du kannst aufhören, Lara. Er ist lang genug." Er legte den Schal in den Korb, richtete die beiden Liegestühle wieder sorgfältig nach der Sonne aus und ließ sich im rechten nieder, ohne dass Lara in meinem Terrassenausschnitt erschienen wäre.

„Drosendorf hat seine Frau umgebracht", sagte ich zu meinem Mann, machte aus der bisher männlichen Leiche eine weibliche, radierte den Strick aus und malte stattdessen mit rotem und blauem Kugelschreiber einen Schal. Plötzlich wusste ich auch, dass für den alten Mann Lara noch am Leben war, dass er sie aufopfernd umsorgte und pflegte, dass er ihr jeden Wunsch von den Augen ablas. Ebenso lebte Lara noch für die ganze Nachbarschaft, sie bekam Briefe, sie hörte Beethoven, während ihr Mann Besorgungen machte, und sie ließ auch öfter durch ihren Mann Selbstgebackenes für die Seniorenjause in der Pfarre verteilen. Ob sie auch eine Pension bezog, darüber wollte ich noch nicht entscheiden.

Ein paar Tage später rückten die Liegestühle auf der Terrasse nicht mehr der Sonne nach. Sie standen nach Westen gerichtet nebeneinander, Armlehne an Armlehne, Drosendorf hatte sie am Abend nicht weggeklappt wie sonst immer. Das Leinen war vom Regen schwer und knatterte im Wind. Ich schickte meinen Mann. Er sträubte sich. Er glaubte immer noch, einer mit Lockenwicklern geschmückten Frau Drosendorf gegenübertreten zu müssen, mit gepudertem Gesicht und hochsteigenden, roten Fäden überm Mund.

Der Anblick blieb ihm erspart. Die Bestattung holte Drosendorf ab, nachdem die Polizei den Schal abgeschnitten hatte.

Ich glaube immer noch an Mord.

Anderswo

Kilian zog das zerknüllte Stück Papier aus der Tasche und las noch einmal, ob die Adresse stimmte; warf einen Blick auf die Uhr, ob die Zeit stimmte. Das riesige Gebäude, vor dem er stand, schien aus einer anderen Zeit zu stammen, aus einem anderen Land, einem anderen Klima, nur noch mühsam vorm Verfall bewahrt. Gerüste verhinderten, dass abstürzende Ziegel jemanden erschlugen. Vielleicht hatte man Gregor Korander schon gefunden.

Am Eingang stolperte Kilian über die Stufen, die er nicht beachtet hatte, und als er den Blick wieder hob, umfing ihn nicht nur verwirrende Düsternis, sondern auch der Geruch nach feuchten Mauern und kaltem Rauch. Schultern streiften ihn hastig, fremde Augen irrten über ihn hinweg. Es war ein Kommen und Gehen durch den Windfang dieses Hauses, aber wahrscheinlich – so überlegte Kilian fröstelnd – mehr Kommen als Gehen.

Pappschilder waren an der Wand im Hausflur festgenagelt, ehemals weiße, jetzt vergilbte Pappschilder mit abgestoßenen Ecken und aufgedruckten Buchstaben und Ziffern. *Abt. 5, 3.Stock, Zi. 318*, *Untersuchung Zi. 109* und ähnliche Formeln. Kilians Einladung trug einen blauen Stempelaufdruck: *Zi. 496, Dr. Flimm.*

Aufzug gab es keinen. Die Stiegen und Gänge waren mit einem alten Gummibelag überzogen, der quietschte, wenn man die Füße während des Auftretens verdrehte. Unter Kilians Sohlen quietschte der Belag nicht, denn Kilian hütete sich davor, die Füße zu verdrehen. Er versuchte sogar zu schweben, indem er manchmal die Luft anhielt, die er ohnehin nicht atmen wollte. Auf diese Art kam er einigermaßen erschöpft im vierten Stock an. Er betrat einen langen, kahlen Gang mit schäbigen Türen links und rechts und machte sich auf die Suche nach Zimmer 496. Vielleicht hatten sie Gregor Korander schon aus der Schlucht gezogen. Vielleicht wussten sie auch schon, dass er schwer betrunken gewesen war. Kilians Vater betrank sich oft.

Die Nummer 496 war auf den Pappschildern nirgends zu finden. Auch ein Doktor Flimm war nicht angeschrieben. Kilian zog die Schultern hoch und suchte weiter. Auch hier konnte man mit forschen Schritten dem Gummibelag jenes durchdringende Quietschen entlocken, aber es kam einfach niemand daher, der es gewagt hätte, die Schuhsohlen zu verdrehen. Es kam hier überhaupt niemand daher, keine Menschenseele, der Gang war leer. Die dunklen Türen zu beiden Seiten – wie die Eingänge zu verlassenen Grüften. Kilian schlich weiter. *426* stand auf der nächsten Tür, sonst nichts. Noch 70 Türen, eine wie die andere, nur an den verschieden geformten Rissen und Blasen des abblätternden Lackes zu unterscheiden. *427*, *428*. Die lange, schmale Brücke über die Klamm … das andere Ufer in der Dunkelheit nicht zu erkennen. Wie war das vor zwei Wochen gewesen, als sie gestritten hatten? Gregor Korander wollte plötzlich mitten auf der Brücke übernachten, schrie nach einer Frau und war nicht von der Stelle zu bewegen.

429. Die Tür stand halb offen. Der Verputz neben dem Türstock war ausgeschlagen. Drinnen saß ein Mann auf einem Stuhl. Kilian wollte nur fragen, ob er am Ende des Ganges Doktor Flimm finden würde. Ja, sagte jemand und schloss vor seiner Nase die Tür. Ein Riegel rastete ein. Kilian ging weiter, aber nach einigen Schritten blieb er zögernd stehen und blickte zurück. Der Mann da drinnen, regungslos, mit dem Rücken zur Tür, mit dem Gesicht zu einer nackten Wand. Ein Uniformierter daneben hantierte mit etwas. Womit, hatte Kilian nicht gesehen. Ein Mann im weißen Arbeitsmantel hatte die Tür zugedrückt.

Doktor Flimm? Dem Text auf dem Zettel war nicht zu entnehmen, ob Doktor Flimm Jurist war oder Arzt. Kilian ging weiter, an der nächsten schäbigen Tür vorbei und an der übernächsten. An vielen vergilbten Pappschildern mit Nummern, an vielen schlecht verputzten Rissen in der Wand. Wenn sie Gregor Korander aus dem Stauwerk gefischt hatten und Kilian nur die Nachricht vom Tod seines Vaters mitteilen wollten … wenn aber Kilian ihn erst identifizieren musste …

Was hätte er schon anderes tun sollen, als seinen Vater nach drei Tagen als abgängig zu melden?

Und warum erst nach drei Tagen? Weil er öfter über Nacht verschwindet. Hat er Ihnen nie gesagt, wohin er geht? Nein, er war nie besonders gesprächig. Haben Sie ihn nachher nie gefragt, wo er gewesen ist? Wo soll er schon gewesen sein? In einem Hurenhaus. Es hat mich nie besonders interessiert. Sie hatten öfter Streit mit ihm? Nein, verdammt, er hatte ja immer recht. Und vor zwei Wochen, hatte er auch da recht?

Kilian drehte sich kurz um und blickte zurück. Er war weit vom Stiegenhaus entfernt, wo er vielleicht jemandem hätte begegnen können. Der Gang hier war immer noch leer. Die Türen mit dem absplitternden Anstrich waren verschlossen. *435.* Keine Stimme drang mehr an sein Ohr. Er wollte auch keine hören, jedenfalls keine Stimme, die Fragen stellte. Er wollte keinem weißen Mantel begegnen und keiner Uniform. Er wollte nicht in einem kahlen Zimmer auf einem Stuhl sitzen, er wollte auch seinen Alten nicht mehr sehen, weder tot noch lebend.

440. Es war fünf nach drei. Um drei hätte Kilian bei Doktor Flimm erscheinen sollen, *unter Mitnahme dieser Ladung.* Er zerriss das Stück Papier und ließ die Fetzchen zum Boden flattern. Wenn Doktor Flimm ihn sprechen wollte, konnte er das auch ohne Ladung tun. Oder würde Flimm ihn vielleicht gar nicht empfangen?

Kilian Korander? Weshalb kommen Sie zu mir? Sie haben mich herbestellt. Mein Vater ist tot. Das muss ein Irrtum sein.

Kilian lächelte zum ersten Mal, seit er das Haus betreten hatte. Vielleicht war tatsächlich alles ein Irrtum. Zimmer 496? Doktor Flimm? Er konnte sich nicht erinnern. Musste er sich erinnern können? Er hatte nie eine Ladung bekommen. Er hieß auch nicht Kilian Korander. Er hatte nie nachts auf einer Brücke mit seinem Vater Streit gehabt. Er hatte gar keinen Vater. Er konnte ihn also damals, am Freitag vor vierzehn Tagen, nicht niedergeschlagen und übers Brückengeländer gekippt haben. Wenn da irgendeine zerschmetterte Leiche im Rechen der Wehranlage hängen geblieben oder vielleicht von der Turbine zerfetzt worden war, was ging das ihn an? Alles erfunden und erlogen. Schwungvoll machte er auf dem Absatz kehrt – und der Gummibelag quietschte.

Vor ihm auf dem Boden lagen die Papierfetzen, die er hatte fallen lassen, und sie lagen da wie eine Barriere, wie magische Zeichen. „Welchen Dreck du auch immer machst, putz ihn weg! Was auch immer du einbrockst, friss es! Restlos!" Wie Grenzsteine, an denen er sich nicht vorbeischleichen konnte. Er bückte sich und sammelte sie ein. Alle, auch das letzte Stückchen.

Er stand noch immer vor Zimmer 435, als sich die Tür öffnete und ein Mann heraustrat. Kein weißer Mantel, keine Uniform.

„Suchen Sie wen?"

„Ja, Herrn Doktor Flimm."

Weiße Hemdsärmel. Keine Krawatte.

„Das bin ich." Ein freundliches Lächeln in einem blassen, etwas aufgeschwemmten Gesicht. Wirklich freundlich?

Kilian reichte ihm den größeren Teil der zerrissenen Ladung, und Doktor Flimm nickte.

Sie gingen durch den Gang, die hässlichen Türen huschten jetzt endlos vorüber, die Nummern längst nicht mehr erkennbar. Der Boden quietschte unter den federnden Schritten des Doktor Flimm. Blanker, abgegangener Gummi, jeden Tag gekehrt und aufgewaschen, erschreckend. Hinter jeder Tür ein leeres Zimmer mit einem Stuhl in der Mitte, und ein Mann, der seine Unschuld beteuert. Hatte jemand gesehen, wie Gregor Korander in die Klamm stürzte? Hatte jemand Kilian von der Brücke wegrennen sehen? Es war stockdunkel gewesen und eiskalt. Auch wenn Flimm noch so hurtig dem Zimmer 496 entgegeneilte, konnte er nichts wissen. Hätte er Kilian sonst so höflich per Ladung herbestellt? Würde er jetzt so arglos voranschreiten?

Vielleicht war Gregor Koranders Leiche gar nicht gefunden worden.

Am Ende des Ganges öffnete Flimm eine Tür und ließ Kilian eintreten. Ein großer Schreibtisch vor dem Fenster, dahinter und davor je ein Stuhl. Ein offener Aktenschrank an der Wand.

„Nehmen Sie Platz."

Kilian setzte sich Flimm gegenüber, das Gesicht dem Fenster zugewandt. Die Wintersonne schien ihm in die Augen. Es war wenigstens keine Gefängniszelle, in der er hier gelandet war.

„Wie war das damals an diesem Freitag? Hier steht, Sie sind nachts das letzte Mal mit Ihrem Vater beisammen gewesen."

„Das stimmt nicht. Es war am späten Nachmittag, nicht nachts."

„Was suchten Sie und Ihr Vater um Mitternacht auf dieser Brücke?"

„Auf welcher Brücke?"

„Und warum haben Sie gestritten?"

Kilian stand auf. „Ich habe alles schon vor zehn Tagen gesagt. Es war Freitag um fünf, als er ging, und wir haben nicht gestritten."

Flimms Fragen klangen mechanisch, so, als wären ihm die Antworten gleichgültig. Er lehnte sich in seinen Stuhl zurück, und als Kilian schon nach der Türklinke greifen wollte, legte er etwas auf den Tisch und sagte:

„Ist das hier die Uhr Ihres Vaters?"

Das Uhrband war abgerissen, das Glas zerschlagen, die Zeiger standen auf zwölf. Kilian zuckte mit den Achseln. Die Uhr bewies gar nichts. Jedenfalls nicht, dass auch er, Kilian, nachts auf der Brücke gewesen war.

„Möchten Sie Ihren Vater sehen?"

„Deshalb haben Sie mich wohl kommen lassen."

„Nicht nur deshalb." Flimm lächelte wieder einmal. „Kommen Sie, gehen wir."

Doktor Flimm ging voran, auf leise quietschenden Sohlen, vorbei an denselben schwarzen Türen. Der Gang sah aus der einen Richtung genauso aus wie aus der anderen.

„Wenn du dir etwas in den Kopf gesetzt hast, dann tu es ganz. Bis zur letzten Konsequenz." Diese weisen Sprüche seines Vaters würde Kilian sich nie mehr anhören müssen. Etwas war doch anders geworden in jener Nacht.

Noch im selben Stock blieb Doktor Flimm vor einer der Türen stehen und klopfte an. Vielleicht war es jene, aus der er herausgekommen war, vielleicht auch jene, die man vor Kilians Nase geschlossen hatte. Kilian wusste die Nummer nicht mehr.

„Ich bin es, Flimm."

Ein Riegel scharrte im Schloss.

Als Kilian eintrat, saß der Mann noch immer regungslos auf dem Stuhl mitten im Zimmer, mit dem Rücken zur Tür, den Kopf vornüber geneigt, die Haare ungewaschen und zerzaust, das Hemd zerrissen. Der Polizist und der Arzt neben ihm. Die Hände in Handschellen auf dem Rücken, und diese Hände erkannte Kilian.

„Wie war das also freitagnachts? Sind Sie beide auf der Klamm-Brücke spazieren gegangen oder waren Sie mit dem Wagen auf der Autobahn unterwegs?"

Gregor Korander hob den Kopf, drehte ihn nur leicht zur Seite.

„Auf der Klamm-Brücke, Kilian!"

Seine Schläfe war von Schorf überzogen, seine Wange trug eine kaum verheilte Schramme. Kilian starrte ihn an, als säße ein Gespenst vor ihm, ein zerschundenes, aber lebendes Gespenst. Nicht im Kühlraum, nicht mit dem Kärtchen an der großen Zehe, nicht bis zur Unkenntlichkeit zerschmettert. Kilian brachte lange Zeit kein Wort hervor. Er verstand nicht, was sich hier abspielte. Er begriff nur allmählich, dass sein Vater den Sturz in die Schlucht überlebt hatte.

„Oder kennen Sie diesen Menschen nicht? Ist das nicht Gregor Korander, wie er von sich behauptet?"

„Er ... Ja, doch. Aber er lügt. Ich bin nicht mit ihm auf der Brücke gewesen."

„Das glauben auch wir nicht."

„Was sonst ..." Kilian schluckte. Er musste vorsichtiger sein, irgendetwas stimmte da nicht. „Um fünf ist er gegangen, ohne mich. Ich habe ihn später nicht mehr gesehen."

„Sie sind ihm also nicht nachgelaufen, zu ihm in den Wagen gestiegen und mit ihm über die Autobahn nach Salzburg gefahren. Ein Zeuge hat sie gesehen."

„Das kann nicht sein, nein! – Warum?"

„Weil jemand an der Autobahn eine Hure umgebracht hat in dieser Nacht." Gregor Korander duckte sich auf dem Stuhl zur Seite. Niemand sonst sagte etwas, der Polizist stand noch immer da und fingerte mit einem Schlüssel herum, und der Arzt hatte noch immer die Hände in den Taschen seines weißen Mantels vergraben. Flimm runzelte bloß die Stirn.

„Und den Kunden und den Zuhälter", setzte Gregor Korander fort.

Kilian schüttelte den Kopf. Er hatte darüber gelesen. Auf einem Parkplatz an der Autobahn, das Mädchen erwürgt, dem einen das Genick gebrochen, den anderen erschlagen. Ein Glückstag für die Bildzeitung. Ein seltsamer Tag für Kilian.

Aber jetzt, jetzt war mit einem Schlag wirklich alles anders geworden, alles einfach und klar. Es gab nicht mehr viele schwarze Türen, sondern nur mehr jene, die hinter ihm auf den Gang hinausführte. Und der Gang endete beim Stiegenhaus und die Stiege führte hinunter zum Ausgang. Ein Gerüst da draußen verhinderte, dass Mauerbrocken die Leute erschlugen. Alles war plötzlich einfach und leicht. Bis zur letzten Konsequenz. Sich etwas in den Kopf setzen und bis zum Ende durchstehen. Er konnte seinen Vater fallen lassen, aber er konnte ihn auch heraushauen. Er hatte plötzlich die Macht, über ihn zu entscheiden. Ihn tatsächlich für immer loszuwerden, ihn – totzuschweigen, – oder sich ihm zu stellen, seinen Worten, seinen Gesten, seinen

Argumenten. Er hatte nochmals die Chance, den Sprüchen zu entgehen, die er so hasste. Er war nie auf der Brücke gewesen. Er musste nur durchhalten mit dieser Behauptung …

„Wo hat man die Uhr gefunden?" fragte er.

„Auf dem Parkplatz."

Aber Uhren konnte man finden und wieder wegwerfen. Uhren konnte man auf jede beliebige Zeit und jeden beliebigen Tag zurückstellen. Überhaupt: es gab viele Uhren, die vollkommen gleich aussahen. Aber hatten sie denn keine DNA-Spuren gefunden? Wozu brauchten sie ihn, Kilian?

„Das beweist gar nichts", sagte er nach einer Weile kühn.

Und es bewies auch nichts.

Bilderleiche

Ferdinand Plischka war mausetot.

Dabei wollte ich ihn nicht umbringen. Ich wollte ihm nur klarmachen, dass er mich nicht erpressen konnte. Seinetwegen hatte ich als Kulturbeauftragter der Gemeinde durchgesetzt, hier über dem Refektorium des ehemaligen Klosters Künstlerateliers unterzubringen. Ich ließ ihn im Klosterpark Kurse für Hobbymaler veranstalten, bei denen er sich offiziell die Butter aufs Brot verdienen konnte. Das große Geld verdankte er ohnehin ausschließlich mir. Denn wer sonst zahlte ihm ein Vermögen für seine Kleckserei?! Aber nein, er konnte den Hals nicht vollkriegen. Wollte einfach noch zehntausend extra! Schließlich sei es die größte Sensation der Kunstgeschichte, sagte er. Wobei er natürlich recht hatte: Bisher kannte man die Gemälde des Hieronymus Bosch nur als Tafelbilder, auf Holz, nicht auf Leinwand.

Er lag vor mir, als wäre er über die Streben seiner Staffelei gestolpert. War er ja auch. Natürlich, es hätte genauso gut ein Unfall sein können. Wenn da nicht das große Loch in seinem Kopf gewesen wäre.

Es roch nach Ölfarbe und Terpentin, der Bratengeruch wehte von der Klostertaverne herüber.

Ich lief aufs Klo, wusch den blutbeschmierten Mörserstößel und trocknete ihn mit Klopapier ab. Während ich das Klopapier hinunterspülte, beschloss ich, den blöden Stößel im Klosterhof in der Mulde für Bauschutt zu versenken.

Sollte ich auch die Leiche verschwinden lassen? Malkurse fanden heute nicht statt, und dass im Erdgeschoss des Gebäudes noch die Elektriker und Anstreicher werkten, hielt Neugierige vom Gebäude fern. Auf jeden Fall musste ich den Hieronymus Bosch in Sicherheit bringen. Wenn ich auch noch nicht wusste wie.

Vom Pförtnerhaus drang Geschrei herüber. Ich schaute zum Fenster hinaus. Vor der Cafeteria versammelten sich bereits die ersten Hobby-Römer. Ich war schon immer gegen solchen Unfug. Wir ließen alte Kulturgüter sanieren und der Pöbel trampelte alles nieder. Ferdinand hatte hier wenigstens nichts ruiniert und seine malenden Hausfrauen kotzten nirgendwohin. Gut, ich würde leichter von hier verschwinden können, wenn das ganze Gelände mit Senatoren in Gewändern aus alten Vorhängen und Sklaven in neckischen Lendenschürzchen bevölkert war. Ich beschloss, Ferdinands Leiche nicht anzurühren und abzuwarten, bis ich im Trubel im Klosterpark nicht mehr auffallen würde. Inzwischen konnte ich in Ruhe den Bosch suchen.

Von wegen Ruhe. Meine Hände zitterten. Ferdinands Bilder lehnten in der hintersten Ecke des Ateliers, seine Staffelei versperrte den Weg dorthin. Er selbst lag quer vor der Staffelei, als wollte er den Bosch immer noch nicht herausgeben. Ich stieg über ihn und drückte mich an der Staffelei vorbei. Langsam wurde mir bewusst, dass ich eigentlich allen Grund zur Freude hatte, konnte ich doch Ferdinands Anteil für mich behalten.

Ferdinands Malereien sahen alle gleich aus, roter Hintergrund mit grünen Klecksen. Er hatte einige großformatige Bilder gemalt, und er sollte diese „Höllenfahrt" von Hieronymus Bosch mit einem Code versehen. Ich warf also nur einen Blick auf die Zahlen, die er an die Kanten seiner Bilder gekritzelt hatte. 1516 war das angebliche Todesjahr des Malers. Ich brauchte nicht lange zu suchen.

Vor gut zehn Jahren hatte ich das Bild bei Sanierungsarbeiten entdeckt, den ersten Bosch auf Leinwand. Erst als ich sicher war, dass das Bild niemandem abging, konnte ich darangehen, einen Interessenten zu suchen. Inzwischen hatte ich die Anzahlung eines Käufers kassiert und die Spedition war auch schon bestellt.

Ich wickelte mir einen von Ferdinands Malerlappen um die Hand und zog das Bild zwischen den anderen Schinken hervor. Kaum hatte ich es ans Tageslicht gezerrt, kippte es gegen die Staffelei. Ich versuchte es aufzufangen, aber ehe ich es fassen konnte, blieb es mit der Kante an einer Schraube des Gestells hängen und legte sich sacht über die Leiche. Das Loch, das die Flügelmutter in die Leinwand gerissen hatte, grinste mir entgegen. An den Rändern des Lochs lugten unter Ferdinands Rotschicht die Farben des alten Gemäldes hervor. Na gut, der Restaurator, der die Tarnung abkratzen würde, würde auch diese Beschädigung reparieren. Mein Käufer würde den Preis zwar drücken, aber tausendmal besser ein Bosch mit Loch als ein Ferdinand Plischka ohne Loch.

Unten auf dem Gelände lärmten die Gladiatoren mit ihren Schwertern aus Plastik. Ehe der Rummel nicht vorbei war, brauchte ich gar nicht erst zu versuchen, das Bild wegzubringen. Was aber, wenn inzwischen jemand die Leiche fand? Egal, vielleicht würde ich sowieso später Ferdinands Verlassenschaft aussortieren müssen. Ich ließ das Bild auf der Leiche liegen und steckte nicht nur den Stößel, sondern auch Ferdinands Schlüssel ein. Ich würde mich um das Bild kümmern, wenn die Zeit reif dazu war. Schließlich hatte es schon seit 500 Jahren niemand entdeckt, da kam es auf ein paar Stunden oder Tage nicht an.

Während ich um die Klosterherberge herumlief, schlug dieser Stößel in meiner Jackentasche unfreundlich gegen meine Hüftknochen. Ich musste ihn loswerden. In der Nähe des Parkplatzes wartete eine Transportmulde auf Schutt von der Baustelle. Die Donau wäre mir zwecks Entsorgung lieber gewesen, aber auf diese Art konnte ich mich früher von dem Ding verabschieden.

Ich duckte mich hinter ein Bau-WC und schleuderte den Stößel in hohem Bogen in den Container. Das laute

KLONK! erschreckte mich: Die Mulde war leer. Oder fast leer. Jetzt nur nicht die Nerven verlieren!

Der Parkplatz war überfüllt. Ich fand meinen Mini-Roadster eingekeilt zwischen zwei riesigen Geländewagen. Wegfahren war unmöglich, mein Wagen würde bis Mitternacht hier stehen. Zwar konnte ich das Ein-einhalb-Meter-Bild ohnehin nicht im Mini transportieren, sondern musste es in den nächsten Tagen mit dem Transporter abholen, aber jetzt wollte ich so bald wie möglich verschwinden.

Ich ging zum Pförtnerhaus, setzte mich unter einen Sonnenschirm und bestellte Kaffee. Der Duft würde den Geruch der Spanferkel und Grillwürste neutralisieren. Nachdem ich den Kaffee getrunken und drei Euro hingelegt hatte, ging ich aufs Klo und kotzte.

Irgendetwas musste mir einfallen, irgendein Grund, warum ich hier war. Die Verbindung zwischen mir und Ferdinand gab es zwar, aber die Polizei würde sie nicht sofort herausfinden. Ich musste die Verbindung zwischen mir und dem Kloster als Kulturgut nutzen. Ein offizieller Besuch? Nicht ganz offiziell vielleicht.

Ich dachte ziemlich lange nach. Sollte ich versuchen, zu Fuß das Dorf zu erreichen? Ich wusste ja nicht einmal, wo die Bushaltestelle war.

Gerade als ich mich entschlossen hatte, dienstlich die Abtei-Ruinen zu inspizieren, hielt ein billiger Kleinwagen vorm eingerüsteten Haupteingang des Refektoriums. Eine Frau stieg aus und verschwand im

Portal. Das geplante Restaurant im Erdgeschoss war noch im Rohzustand, von den beiden Ateliers im Dachgeschoss stand eines noch leer. Wen suchte sie also dort? Ich kehrte an meinen Platz unterm Sonnenschirm zurück und behielt das Gebäude im Auge.

Fünf Minuten später wusste ich: Es war Ferdinands Ehefrau. Vera lud handliche Pakete in ihren Kofferraum und ging wieder ins Haus. Die Pakete sahen aus wie eingepackte Bilder, vielleicht ein Meter im Quadrat oder etwas kleiner. Hatte sie die Leiche nicht gefunden? Oder war sie als trauernde Witwe bereits dabei, sein Atelier auszuräumen?

Ich wollte nicht warten, bis Vera Plischka mich sah, aber ich wollte sie auch nicht aus den Augen verlieren. Und ich wollte vor allem verhindern, dass sie wegfuhr. Denn als erstes würde die Polizei jetzt *sie* verdächtigen. Ob es half, wenn ich im Schatten des Gerüsts eine zerbrochene Bierflasche unter ihren Vorderreifen schob?

Als ich die Polizeisirenen hörte, war es zu spät, weiter darüber nachzudenken. In einer Staubwolke schlitterten zwei Streifenwagen heran und blieben dicht neben Veras Spielzeugauto stehen. Auch Veras Wagen steckte also fest. Ich grinste.

Um mich für das, was kommen würde, fit zu machen, suchte ich wieder das Klo auf und wusch mir die Hände mit Seife ab, um den Terpentingestank zu übertünchen. Den Geschmack nach Gekotztem wurde ich nicht los. Dann setzte ich mich in der Cafeteria an einen Tisch am Fenster.

Die Freizeirömer umlagerten das Refektorium und für die Polizei traf Verstärkung ein. Ich überlegte, ob die Spurensicherung nicht auch etwas von mir finden konnte. Während ich auf einen weiteren Kaffee wartete, betraten auch zwei Kriminalbeamte den Gastraum und nahmen die beiden Nebentische in Beschlag. Ich holte mir von der Theke einen Prospekt über die Kunstschätze in der Donauregion. Während ich vorgab zu lesen, versuchte ich, dem Gespräch der Beamten zu lauschen. Leider nuschelten sie. Nach einer Ewigkeit kam ein kleiner rundlicher Herr an meinen Tisch und wollte mich verscheuchen. Ich stand auf und sagte:

„Entschuldigen Sie, Hans Urbanek mein Name. Ich bin hier der Kulturbeauftragte. Hat es wieder eine Rauferei gegeben? Oder eine Sachbeschädigung?"

Der Kleine, offensichtlich der Chef, musterte mich kurz, über sein Gesicht huschte ein Lächeln. „Ach, dann hab ich Sie unlängst im Fernsehen gesehen. Ja, bleiben Sie gleich da. Vielleicht geht es um Kunst." Er stellte sich als Chefinspektor Paulini von der Kripo Sankt Pölten vor und setzte sich. „Aber geben Sie inzwischen dem Kollegen Röhrlhuber ihre Personalien bekannt."

Während ich langsam meinen Namen buchstabierte, damit dieser Röhrlhuber Zeit hatte, die richtigen

Tasten auf seinem Laptop zu finden, arbeitete mein Hirn auf Hochtouren.

Zwei Sanitäter, die auf die Blessuren und die verdorbenen Mägen der alten Römer warteten, steckten ihre Köpfe in den Gastraum. „Wo gibt's was?"

Paulini winkte ab. „Ihr kommt leider zu spät."

Ich tat überrascht. „Ich dachte, es geht um Kunst."

„Auch. – Deshalb werde ich später ein paar Fragen an Sie stellen."

Mein Augenblick war eben noch nicht gekommen. Ich lehnte mich zurück. Während Paulini endlos telefonierte, rollte ein grauer Kastenwagen von der Einfahrt her aufs Pförtnerhaus zu und bog zum Refektorium ab. Er blieb neben den Polizeiautos stehen. Ob das schon die Bestattung war?

„Ist jemand tot?", fragte ich.

Ein weiteres Mal ging die Tür auf und ein Römer mit Blechwams und Beinschienen stelzte scheppernd herein.

„Jetzt ist geschlossen!", schnauzte Paulini. Röhrlhuber schubste die Blechdose hinaus. Paulini schaute mich an.

„Kennen Sie Ferdinand Plischka?", fragte er.

Verdammt, jetzt ging's los!

„Plischka", sagte ich, „den Maler?" Ich bemühte mich, meine Stimme so ruhig wie möglich klingen zu lassen. „Ja, warum?" Ich machte eine Pause, während

Paulini in seinem Notizbuch blätterte. „Nicht unbegabt, der Mann. Hat er was angestellt?"

Paulini ignorierte meine Frage, und Röhrlhuber flüsterte ihm etwas ins Ohr.

„Ah, der ist aber schnell", sagte Paulini. An mich gewandt setzte er fort: „Herr Friedrich Hartmann ist unterwegs. Ist Hartmann eigentlich Ihr Chef?"

„Hartmann?" Hoffentlich hielt ich das durch! „Wieso kommt Hartmann?"

„Weil wir anscheinend ein wertvolles altes Gemälde gefunden haben. Und Hartmann ist der beste Fachmann auf diesem Gebiet."

Ich schluckte. Auch ich war Fachmann, Paulini musste das aus dem Fernsehen wissen. Aber als Direktor der Gemäldesammlung war Hartmann natürlich bekannter als ich.

Wenn sie jetzt nur nicht den übermalten Bosch beschlagnahmten!

Oder war das eine Falle?

Ich spürte, wie der Schweiß über mein Brustbein rann und im Hosenbund versickerte. Der Geruch nach Spanferkel drang bis hier herein, und mir stand der verbliebene Mageninhalt bis zum Hals. Gerade als sie drüben einen Blechsarg ins Refektorium trugen, sagte Paulini:

„Jemand hat Plischka erschlagen, vermutlich mit einem Mörserstößel."

Das saß. Jetzt ganz ruhig bleiben, ganz ruhig!

„Mörserstößel?"

Paulini nickte. „Aber wir haben die Tatwaffe noch nicht gefunden."

„Nein?" Ich presste die Zähne zusammen, damit ich nicht weiteren Blödsinn plapperte. Der Inspektor klopfte mit dem stumpfen Ende seines Kugelschreibers auf die Tischplatte.

„Herr Urbanek", begann er langsam, „wann haben Sie Ferdinand Plischka das letzte Mal gesehen?"

Plischkas Schlüsselbund in meiner Jackentasche fühlte sich glitschig an. „Vor … warten Sie … vor ungefähr einer Woche", sagte ich. „Heute habe ich nur seine Frau gesehen. Ihr Auto steht da drüben."

„Ah, ja", sagte der Inspektor.

„Die beiden leben getrennt." Hatte ich schon zu viel gesagt? Aber ich erzählte weiter, denn Vera war jetzt meine einzige Hoffnung. „Plischka hat sie betrogen, mit seinen Malschülerinnen."

Paulinis Handy läutete.

„Gut", sagte er. „Führen Sie Hartmann gleich hinauf und zeigen Sie ihm das Bild. Aber er soll nichts anrühren." Paulini legte das Handy neben sein Notizbuch. „Er hat sie also betrogen."

Ich hatte das Gefühl, dass er mir nicht glaubte, aber das Personal hier würde es ihm bestätigen. Zum Beispiel die Kellnerin, die jetzt zur Eingangstür schaute. Ich schaute auch. Röhrlhuber hielt Vera Plischka die Tür auf.

Mit einer Kopfbewegung wies ihr Paulini einen Stuhl zu, aber sie blieb stehen und starrte mich an.

„Sie?!"

Ich glaubte schon, sie würde mir an die Kehle fahren. Doch dann setzte sie sich und bestellte einen doppelten Kognak.

„Mir auch, bitte", sagte ich zur Kellnerin.

Während Vera den Kognak trank, hatte ich den Eindruck, dass sie mir hinter ihrem Glas zulächelte. Klar, ich hatte ja die Drecksarbeit für sie getan. Miststück!

Kaum hatten wir die Gläser abgesetzt, räumte die Kellnerin wieder ab. Ein Beamter vom Nebentisch stand auf und glaubte wohl, ich bemerkte nicht, wie er die Gläser in Plastikbeutel verschwinden ließ. Auch mein Glas.

Ich hätte einen zweiten Doppelten vertragen. Für die Fingerabdrücke in Plischkas Klo musste mir noch etwas einfallen. Außerdem wusste ich nicht, was Vera der Polizei inzwischen erzählt hatte. Dass ich Plischka dafür bezahlte, dass er seinen Dreck über einen Bosch pinselte? Dass wir das Gemälde als waschechten Ferdinand Plischka nach Übersee exportierten? Vielleicht war sie gekommen, um Ferdinands Anteil einzustreifen. Was weiß ich! Nein, Plischka konnte nicht so blöd gewesen sein, sie in die Sache einzuweihen.

Ein plötzliches Sesselrücken ließ mich hochfahren. Der Inspektor führte Friedrich Hartmann an unseren Tisch. Hartmann streckte mir die Hand entgegen, die ich mit meinen schweißigen Fingern gar nicht anfassen wollte.

„Übertreiben Sie nicht Ihr Pflichtgefühl, Herr Urbanek, wenn Sie das Römerfest überwachen?" Er lachte.

Der Inspektor ersparte mir eine Antwort. „Kommen wir zur Sache, Herr Direktor."

„Tja", sagte Hartmann, während er sich langsam auf dem letzten freien Stuhl an unserem Tisch niederließ. Die Kellnerin zückte ihren Block, um eine Bestellung aufzunehmen, aber Hartmann winkte ab.

„Also: das Gemälde da, unter der roten Farbe ..."

Vera Plischka schnäuzte sich. Diese Schlange spielte die trauernde Witwe!

„Sie haben sich leider geirrt, Frau Plischka", sagte Hartmann. „Das übermalte Bild ist nicht viel älter als hundert Jahre, schätze ich."

Vera schluchzte auf.

„Welches Bild?!", fragte ich. Doch nicht der Plischka mit Loch! Aber mit einem Schlag wusste ich, wo das echte Bild war. Die quadratischen, handlichen Pakete! Plischka musste das Bild zerteilt haben!

„Dieser hinterfotzige Betrüger hat den Bosch zerschnitten!", schrie ich. „Sie hat ihn! In ihrem Auto!"

Alle schauten mich an, keiner sagte etwas. Mitten in die plötzliche Stille hinein kreischte Vera: „Mörder!"

Paulini deutete Vera, sich zu beruhigen, während ich versuchte, mich aus der Sache rauszuhauen.

„Er hatte das Bild!", rief ich. „Er hat mich gefragt, was es wert ist. Und sie wusste es! Sie war es! Sie hat ihn umgebracht!"

„Bosch?", fragte Paulini. „Was für ein Bosch?"

„Was für ein Bosch?", fragte auch Hartmann.

„Ich dachte … das Bild … ich wollte erst sicher sein, Herr Direktor, dass es echt ist", stotterte ich. „Bevor ich Sie damit befasse."

Paulini lehnte sich zurück und blickte zwischen mir und Vera hin und her. „Beruhigen Sie sich. Vermutlich werden wir die Tatwaffe im Bauschutt finden."

„Sagten Sie nicht, ein Mörserstößel ...", mischte sich Hartmann ein.

„Ganz recht", sagte Paulini. „Der Mörser lag neben der Leiche, aber der Stößel fehlt. – Was haben Sie denn in der Jackentasche, Herr Urbanek?"

„Doch keinen Mörserstößel!" rief ich.

Paulini sagte leise: „Wir haben auch im ganzen Atelier Plischkas Schlüssel nicht gefunden."

Der Apotheker

Er begegnete ihr nachts auf der Straße und sprach sie an. Er begegnete ihr am Tag in der Straßenbahn und sprach sie an. Er begegnete ihr auf einer Party und sprach sie an. Er begegnete ihr am Ufer eines Flusses, wo sie mit einem schwarzen Hund, der nicht ihr gehörte, herumtollte, und schwieg. Da sprach sie ihn an und wurde seine Geliebte.

Jan kaufte ihr Schmuck und Pelzmäntel. Er bezahlte ihr eine Wohnung und schenkte ihr ein Auto. Er kaufte auch ein ledernes Halsband und sie küsste dafür seine Hände.

Er hatte die Macht.

Er war glücklich über seinen Erfolg. Er brauchte nur etwas zu wollen, früher oder später tat sie es. Sie tat es, als wäre es ihre Idee, aber in Wahrheit hatte er sie dazu gebracht. Er wusste, es waren sein Charme, seine Geschicklichkeit, seine Ausdauer, es waren seine Fähigkeiten, die ihn ans Ziel führten. Er liebte sie und sie liebte ihn. Sie liebte ihn wegen dieser seiner vielen Fähigkeiten und er liebte sie wegen dieser ihrer einzigen Fähigkeit, seine Fähigkeiten zu lieben. Sie sagte, sie fände nichts verführerischer, als von ihm beherrscht zu werden. Sie wollte seinen Blicken ausgeliefert sein, seinem Atem, seinen Ausbrüchen, seinen Gedanken.

Schweigend seinen Befehlen gehorchen. Nichts sei gewaltiger als seine Kraft, wenn er Herr über ihren Körper und ihre Seele sei. Wenn sie ihn blind und stumm bat, sie zu schlagen. Jan lachte. Er kannte die Wahrheit. Seine Geliebte war nicht von Natur aus so gierig, so süchtig nach Unterwerfung, nach dem Getretenwerden, nach dem Kriechen im Schlamm. *Er* hatte sie dazu gemacht. Es waren *sein* Verdienst, *seine* Geschicklichkeit. Er wusste, wie sie funktionierte. Er hatte Geduld und konnte warten. Er streifte dreimal verstohlen mit der Hand über ihre Kehle, beim vierten Mal nahm sie seine Hand und legte sie selbst an ihren Hals.

Er hielt sie gefangen, weil sie es so wollte. Weil er sie dazu gebracht hatte, es zu wollen. Weil er, Jan, dazu geboren war, über sie zu bestimmen, sie zu beherrschen, Wünsche und Leidenschaften in ihr zu wecken. Abgründe aufzureißen.

„Wenn es ein Gift gäbe, das dich jede Sekunde nach mir schreien ließe, jede Sekunde deines Schlafes und jede Sekunde, in der ich nicht da bin, du würdest es trinken," sagte er.

Daraufhin schenkte sie ihm einen Ring mit einem Schlangenkopf. Aus den Giftzähnen tropfte eine klare Flüssigkeit. Er stach ihr die Giftzähne in die Haut und sie fiel in eine Art Trance. Sie wälzte sich auf dem Bett, auf dem Boden, streckte die Arme nach ihm aus, umschlang ihn, küsste seine Hände, seine Füße, starrte ihn an, schrie. Er band sie, knebelte sie, stülpte einen Sack über ihren Kopf. Sie hätte sonst die ganze Zeit nach ihm geschrien. Als er zurückkam, lag sie da, wie er sie verlassen hatte. Er befreite sie und sie lächelte, strich verklärt über seine Wangen, murmelte erschöpft seinen Namen.

Aber es war nicht *sein* Name.

Er schlug sie, sie schrie diesen Namen noch immer, sie bat um die Fesseln, um das schwarze Tuch vor den Augen. Sie küsste den Ring.

„Berrit...!"

Er stolperte davon. Er rannte die ganze Nacht lang durch die Stadt, zermarterte sich das Gehirn, wohin er eigentlich gehen und wen er fragen sollte. Er sprang in ein Taxi. Er ließ sich irgendwohin bringen, zahlte mit einem viel zu großen Schein, rannte durch eine Gegend, die er nicht kannte. Die er nicht kennen wollte. Konnte eine einzige Frau so schlecht, so pervertiert sein, dass sie einen Mann wie ihn, der ihr jeden ihrer geheimsten Wünsche von den Augen ablas, vom Zucken ihres Mundes, von der Bewegung ihres kleinen Fingers, auf diese absurde Art – er suchte nach dem tödlichen kleinen Wort – *betrog*?!

Er kam nach Hause zu seiner Frau und brüllte sie an. Sie war wohl auch eine, die sich die Befriedigung anderswo holte. Er stieß ihr die Giftzähne seiner kleinen Schlange in den Arm und wartete. Sie nannte ihn verrückt, übergeschnappt, und lachte. Sie packte ihre Sachen und zog aus. Sie warf sich nicht zu Boden, sie schrie nicht einen anderen Namen, sie sagte ihm kalt das Götz-Zitat.

Da träufelte er das Gift in eine Phiole und nahm auch einen Tropfen auf die eigene Zunge. Es schmeckte nach nichts. Er lief mit dem Glas zu einem ihm flüchtig bekannten Apotheker, der seit einem Unfall blind war, der ihm aber bestimmt sagen konnte, was es mit dem Gift auf sich hatte. Der Apotheker kam gerade mit seinem Hund von einem Spaziergang zurück und erkannte ihn nicht sofort. Dann aber lächelte er.

„Wasser", sagte er, nachdem auch er von dem Gift gekostet hatte. „Damit könnten Sie nicht einmal eine Ratte umbringen." Sein blickloses Gesicht wandte sich wieder in die Richtung, wo der Hund saß und knurrte.

Also hatte sie ihn auch damit betrogen! Doppelt betrogen! Grußlos verließ er den Apotheker, den er plötzlich hasste. Als er in ihre Wohnung kam, fand er auch sie beim Packen. Er riss ihr die Peitsche, die sie gerade im Koffer verstaute, aus der Hand und schlug auf sie ein. Er schlug und schlug, und eine ganze Weile noch schrie sie immer wieder diesen Namen: „Berrit!" Er schlug ihr das Wort aus dem Gesicht.

Als er feststellte, dass sie tot war, fühlte er sich frei. Sie hatte das bekommen, was sie verdient hatte. Das, worum sie vorgegeben hatte zu betteln. Was sie aus ihrem kranken Hirn, aus ihrer kranken Phantasie, aus jener verruchten anderen Welt in ihr Leben, in sein Leben einbezogen hatte. Er machte sich daran, seine Spuren zu verwischen. Wenn die Nachbarn das Geschrei gehört hatten, dann hatten sie jenen Namen gehört, nicht seinen. Er legte eine Kassette in den Videorecorder, einen Thriller mit Mord und Totschlag, und schaltete ein. Sollten sich die Nachbarn doch daran erinnern. Er säuberte schließlich alles von seinen Fingerabdrücken, was er hier jemals angegriffen hatte. Gut, dass er mit den Vermietern dieser Wohnung nichts zu tun gehabt hatte.

Er erschrak, als es an der Tür läutete. Als jemand mit der Faust gegen die Tür schlug. Lärmend, ungeduldig. Klirrend. Als ein Hund bellte.

„Machen Sie auf, Polizei!"

Er hätte sich denken können, dass die Polizei nicht so schnell eintreffen würde. Es war dieser lächerliche Blinde. Der schwarze Hund blieb auf dessen Befehl ruhig und legte sich hinter die Tür.

Jan zögerte, überlegte, floh in Gedanken bereits. Der Apotheker ging geradewegs auf den Videorecorder zu, als sei ihm der Ort bekannt, die Wohnung und die Einrichtung vertraut. Nur die Tatsache, dass er vier Tasten niederdrückte, ehe der Bildschirm erlosch und die Geräusche verstummten, bestätigte, dass er blind war. Wie sollte ein Blinder Jan hindern zu fliehen?! Der Hund? Jan griff nach der Peitsche, die er in eine Ecke geworfen hatte. Der Apotheker stellte sich ihm in den Weg, er sah wohl die Gefahr nicht, konnte sie nicht sehen. Er sah nicht den Schlag, der ihm entgegensauste, der schwer sein Gesicht traf, ihm die Haut spaltete. Der seine Augen verbrannt hätte, wären da Augen gewesen. Der Hund sprang auf, aber Jan war jetzt Herr der Lage. Ehe der Hund ihn anfallen konnte, stieß er ihm die Schuhspitze gegen die Schnauze. Er drosch auf den Hund ein, mörderisch und besinnungslos, wie er kurz zuvor auf das Mädchen eingedroschen hatte. Er bemerkte nicht, dass der Apotheker nach dem Sturz über den Stuhl, der weggekippt war, sich blutend erhob und langsam von hinten auf ihn zukam. Er merkte es erst, als ihn mitten im Ausholen eine plötzliche Kraft zurückriss, dass er taumelte, sich drehte, gegen den Tisch stieß, vornüber stürzte. Er erkannte, dass sich die Peitsche um den Arm des Apothekers geschlungen hatte, dass der Apotheker selbst danach gegriffen haben musste, mit dem Mut eines Blinden. Der Arm, umwickelt von diesem geflochtenen Strang, das Hemd zerrissen, voll Blut. Die Hand schob sich näher an Jan. Und da sah er einen Augenblick lang die Augen des Blinden leuchten. Sein Magen krampfte sich zusammen, sein Atem stockte. War dieser Mann wirklich blind?

Der Hund lang winselnd vor der Tür.

Als Jan flüchten wollte, versagten ihm die Beine. Die Hand des Apothekers tastete sich weiter, bis zu Jans Schulter, zu Jans Hals. Ein Ring steckte am kleinen Finger dieser Hand. Der Kopf einer kleinen goldenen Schlange zuckte vor, berührte seine Haut – Jan suchte jetzt vergeblich nach einem Blick.

Die Hand des Apothekers umklammerte ihn, fasste seinen Oberarm, zog ihn hoch. Die Peitsche hing noch daran. Jan versuchte zu treten, um sich zu schlagen, er konnte es nicht.

„Arme Irina", sagte der Apotheker endlich und entließ ihn, stieß ihn fast von sich. Ließ ihn hinsetzen aufs Bett, genau vor Irinas Leiche. „Sie glaubte, du seiest weniger gefährlich für sie als ich."

Der Apotheker tastete nach dem Telefon, wählte den Notruf. „Hier Berrit Velofski. Einen Krankenwagen bitte in Gartenstraße 2." Dann nahm er den Ring von seinem kleinen Finger, beugte sich über die Tote, suchte nach ihrer Hand und steckte den Ring an ihren Mittelfinger. Er tastete schließlich nach seinem Hund, hob ihn auf seine Arme und verließ die Wohnung.

Jan spürte noch, wie das Blut in seinen Adern sich langsam in Feuer verwandelte.

Witwen-Einmaleins

Sie stieg aus dem Wagen, schlank, jung, vielleicht auch nur aufgefrischt, in Jeans, die an den Schenkeln und am Hintern abgegriffen waren, und mit braunen, streichholzkurzen Haaren. Im Ganzen jedenfalls etwas anders, als Paul sich eine dreifache Industriellenwitwe vorgestellt hatte. Sie streckte ihm die Hand entgegen und lächelte. Irgendwie überkam ihn der Gedanke, ihr schon einmal begegnet zu sein. Aber wie auch immer, Paul wollte das Haus planen, genau nach ihren Wünschen und nach seinen Vorstellungen. Sie wusste, dass er für gutes Honorar bereit war, auch einen Saustall mit einer attraktiven Fassade zu umgeben. Und für noch besseres Honorar über den Saustall zu schweigen.

Agnes Ahrens wollte, wie er langsam herausbekam, in erster Linie einen Stall für die Erbstücke ihrer verstorbenen Männer. Nebenbei wollte sie auch ein paar Wochen im Jahr neben diesen Erbstücken verbringen. Rührend.

„Mein erster Mann", erzählte sie, „war ein begeisterter Jäger und Sammler. Sie müssen seine Sechzehnender unbedingt sehen, bevor Sie das Stiegenhaus planen. Als Sammler hat er leider versagt. Er starb an einem Knollenblätterpilz."

„Ich dachte, Ahrens ist – verunglückt?" Er hatte gehört, dass Agnes' Mann sich im Badezimmer erhängt hatte.

„Ahrens war mein dritter Mann, nicht mein erster."

Er hatte sich nie mit dem Vorleben oder den Ehemännern von Frauen beschäftigt. Diesmal war er nicht abgeneigt, etwas aus ihrer Vergangenheit zu erfahren, weil er sich Klarheit darüber verschaffen wollte, ob er sie nicht doch irgendwo gesehen hatte. Sie selbst erinnerte sich offensichtlich nicht an ihn oder wollte sich nicht erinnern.

„Und Ihr zweiter Mann war Hobbykapitän?" Er dachte an die Galionsfigur, bei der offensichtlich sie selbst dem Künstler Modell gestanden war und die sie auch geerbt hatte.

„Nein, Rallyefahrer. Von ihm stammt der Oldtimer, für den ich in der Halle Platz brauche."

„Verkaufen wollen Sie nichts davon?" Die holzgeschnitzte Galionsfigur hätte auch in sein Vorzimmer gepasst, obwohl ihm die lebende Witwe Ahrens – auch wenn sie nur aufgefrischt war – möglicherweise besser gefallen hätte.

Sie lachte. „Meine Männer haben gut gedient. Vom ersten habe ich schießen gelernt, vom zweiten Reifen wechseln, vom dritten Seekarten lesen und navigieren. Ich halte ihre Lieblingsstücke in Ehren."

Paul machte sich an die Arbeit. Er entwarf ihr Haus, ein protziges Gebäude aus Beton, Aluminium und Glas, alles ein bisschen auf ländlich-sittlich getrimmt, mit falschen Fenstersprossen und Giebeln, Erkern und verborgenen Kämmerchen. Sie würde den Oldtimer in einer großen Nische in der Halle aufstellen, die Geweihe an die Wand und die Galionsfigur an die Decke hängen lassen. Einen Weinkeller wollte sie auch, mit echtem Ziegelgewölbe und einer kleinen, eisenbeschlagenen Tür. Vielleicht war sie mit einem Weinbaron liiert, den sie später, sobald sie vom Weinbau genug verstand, ebenfalls beerben wollte.

Paul zeichnete Pläne.

Als die Baufirma endlich den Keller betonierte, erschien öfter auch Agnes Ahrens auf der Baustelle und beobachtete die Maurer bei der Arbeit. Paul dachte an ihre Männer. Klaus Ahrens als ihr dritter Mann hätte bereits auf der Hut sein müssen, war doch der Sammler an einem giftigen Pilz gestorben und der Rallyefahrer infolge eines Reifenplatzers verunglückt.

Vom Polier ließ sie sich zeigen, wie man Ziegel auf Ziegel schichtet und die Zwischenräume mit Mörtel ausfüllt. Paul schaute ihr zu, wie sie es selbst versuchte. Wie sie lachend die Kelle fallen ließ und sich den Dreck im Gesicht verschmierte. Sie fragte ihn nach der Volumenberechnung eines Türbogens.

„Breite mal Höhe mal Wandstärke", sagte er, um sie nicht zu überfordern.

„Wie viele Ziegel sind das bei einer normalen Tür?"

„Bei einer Türgröße von 1 mal 2 Metern und einer Mauerstärke von 25 Zentimetern", rechnete er aus, „sind das ungefähr 200 Ziegel."

„Puh!", sagte sie und rieb sich das Kreuz.

„Ich bringe Sie gerne nach Hause, falls Sie Ihren Landrover nicht mehr selber fahren wollen."

„Kommen Sie dann noch auf einen Kaffee?"

„Ich bin kein Mann für Ihre Liste."

„Dazu müssten Sie auch viel vermögender sein, als Sie sind", lächelte sie. „Aber ich hatte immer nebenbei einen Geliebten."

Sie duschte, während der Kaffee zischte, und als sie ins Badetuch gehüllt aus ihrem Badezimmer kam, setzte sie fort: „Einen Geliebten, der alles tat, was ich wollte."

Paul kam der Verdacht, dass sie flunkerte. Dass alles, was sie bisher erzählt hatte, über ihre Ehemänner, über deren Tod, dass alles Flunkerei war.

„Und jetzt?"

„Was jetzt?"

„Wo ist der Geliebte?"

„Sie denken, ich hätte ihn vor die Tür gesetzt?"

„Vielleicht hat er Sie ..." Er wollte ihr schon lange etwas Grobes sagen, aber auch nichts allzu Grobes. „Ich denke, es hat ihn nie gegeben. Ich bin dein erster Geliebter."

Ihre Frische war echt und hielt bis zum nächsten Tag, bis zum nächsten Monat, bis zum nächsten Jahr.

Er fragte Agnes eines Tages, ob sie einander nicht schon begegnet waren, und sie winkte ab. Es sei auf einem unbedeutenden Fest gewesen, zu unbedeutender Zeit.

Als die Villa fertig war, überwies Agnes ihm das Honorar auf den Cent genau, dabei wollte er es längst nicht mehr. Er wollte die Frau samt dem Haus, samt den Erbstücken, samt dem Vermögen. Er war so verrückt, dass er sie um den vierten Platz auf ihrer Ehemänner-Liste bat.

Sie lachte ihn aus. „Dich, mein Geliebter, will ich nicht beerben." Und sie ertränkte ihren Zynismus in einem Meer von Zärtlichkeit.

Immerhin bekam er in ihrem Haus das Zimmer, das er für ihre Geliebten hatte planen müssen. Er lebte zwar nicht mehr wie früher, jede Woche mit einer anderen Frau, aber noch nicht so, wie er es sich jetzt um jeden Preis in den Kopf gesetzt hatte. Mit nur einer Frau, mit der er auch verheiratet war.

Der Weinbaron kam und ließ den Keller mit Flaschen füllen. Er war jung, hübsch und musste Geld wie Heu haben. Agnes interessierte sich sehr für ihn.

„Jahrgang 1998. Ein besonderes Jahr", sagte sie zu Paul, als der Weinbaron sich mit einem Kuss von ihr verabschiedet hatte. „Komm, lass uns kosten."

Sie führte ihn in den Weinkeller, öffnete eine Flasche und füllte zwei Gläser. Sie tranken und lachten, und Agnes füllte die Gläser nach. Sie legte den Arm um Pauls Schultern und ließ ihn den Weinbaron vergessen.

1998. Ein besonderes Jahr. Ja, vielleicht. Vielleicht heiß, vielleicht kalt. Er wusste es nicht mehr. Vielleicht hatte es geregnet oder geschneit, ihm war es gleich. Erzähl mir von heute, von morgen, nicht von gestern. Erzähl vom Glitzern deiner Augen, Agnes. Vom glitzernden Wein, der mir Kopf und Glieder schwer macht. Der meinen Arm lähmt, den ich nach dir ausstrecke, und der meine Knie nachgeben lässt.

Er sah sie noch vor sich; er hörte sie lachen.

Damals lief er ihr nach bis in den Garten. Sie war jung, siebzehn. Maturaklasse. Hinterm Haus ließ sie sich endlich anfassen, bei Mondschein. Sie fragte nach seinem Namen, nach seinem Beruf, blöd wie alle diese Gänse. Sie fragte nach seinen Absichten. „Dich zu heiraten", sagte er und sie fiel darauf herein.

Das Haus gehörte einem seiner Freunde und sie blieben über Nacht. Er brachte Agnes am Morgen nach Hause und sie schien zufrieden zu sein. Warum auch nicht? Aber dann fragte sie ihn, ob sie einander am nächsten Tag wiedersehen könnten, und er lachte.

„Wir haben nur gewettet, Hans und ich. Er behauptete, du seiest prüde."

Sie brach in Tränen aus, diese empfindliche Ziege. Natürlich vergaß er sie. Es hatte bessere gegeben, die er vergessen hatte.

Er hörte sie lachen, er sah sie wieder vor sich. Verschwommen zwar, aber er sah sie. War das Gift eines Pilzes in seinem Wein?

Sie schob da draußen den Riegel vor. Er hörte sie werken und ahnte, was sie tat. 200 Ziegel vor der Maueröffnung. Sie füllte die Spalten mit Mörtel. Sie wischte sich den Schweiß von der Stirn. Er sah sie vor sich, die tausend Flaschen spiegelten kalt ihr Gesicht, ihr schönes.

Sein eigenes Gesicht nur, sein heißes Gesicht.

Tot mit rotem Halstuch

Inspektor Angermann wollte sich gerade seinen zweiten Kaffee vergönnen, als ihn das Läuten des Telefons aufschreckte:

„Leichenfund im Lainzer Tiergarten."

„Wo? In welchem Zoo?"

„Nicht Zoo! Ein Stück Wald in Lainz. Zeit, dass du dort einmal hinkommst. Kannst gleich mit mir mitfahren."

Kollegin Sokol wartete schon auf ihn und öffnete die Autotür. „Weiblich, circa vierzig, circa hundert Kilo schwer, seit circa einer Woche tot. Erschrick nicht, wenn du sie siehst."

Mein Gott, er hatte schon Dutzende Tote gesehen, in jeglichem Zustand.

„Dort gibt es Wildschweine", sagte die Sokol und fuhr los.

„Also doch ein Zoo?"

„War zu Kaisers Zeiten Jagdgebiet. Die Schweine und Hirschen laufen dort frei herum. Aber keine Angst, das Ganze ist von einer Mauer umgeben."

Angermann schnallte sich an. „Spurensicherung?"

„Die ist schon dort. Hoffentlich finden sie noch was."

Beim Einfahrtstor winkte sie ein Torwächter durch. Sie fuhren eine Straße entlang und kamen an einem großen Gebäude mit weißgestrichenen, gusseisernen Geländern und Zierrat vorbei, das ebenfalls aus Monarchie stammen musste.

„Die Hermesvilla", sagte die Sokol, „mit Museum und Restaurant."

In einem Waldstück weit oberhalb der Hermesvilla blieben sie stehen. Ein Beamter hob die Absperrleine an und führte sie durch die Büsche bis zur Fundstelle, wo zwei Mann der KT an der Leiche hantierten.

Brigitte Sokol hatte nicht umsonst gewarnt. An der Toten klebten noch faulendes Laub und Erdkrümel, ihr fleischiger rechter Arm war angefressen und von Maden bevölkert. Ihre verdreckte Sommerbluse spannte noch überm Busen und war an einer Seite eingerissen.

Ein paar Meter entfernt kauerte ein kleiner, dünner Mann mit Halbglatze auf einem Baumstumpf und schnäuzte sich. Das Papiertaschentuch zerfiel beinahe schon in seine Einzelteile. Er trug das Sommersakko lose über die Schultern gehängt. Schweißflecke am weißen Hemd lugten darunter hervor.

„Er hat die Leiche gefunden", sagte der Beamte, der Angermann und Sokol hergeführt hatte. „Vor ungefähr einer dreiviertel Stunde. Er heißt Werner Pichler und ist der Ehemann der Toten."

Musste ein ziemlicher Schock gewesen sein. Der Mann sah aus wie ein Gespenst, im Gegensatz zu seiner

Frau zeichneten sich unter seiner Haut die Knochen ab. Angermann trat auf ihn zu und stellte sich und Sokol vor. „Sie haben die eigene Frau gefunden? Das tut mir leid."

Pichler hob den Kopf und schaute ihn mit geröteten Augen an. „Der Rabe hat gerade auf ihr herumgehackt … hab ihn verscheucht." Er schluchzte.

Angermann unterließ es, ihn aufzuklären, dass die Bisswunden eher von einem Wildschwein stammen könnten. „Und wieso haben Sie sie gefunden? Haben Sie nach ihr gesucht? – War sie denn abgängig?" Sicher hatte der Kollege die Frage schon gestellt, aber Angermann musste ihn einfach nochmals fragen. Die Sokol telefonierte gerade.

Pichler schnäuzte sich wieder. „Sie ist am Mittwoch nicht nach Hause gekommen." Er stopfte die angeschnäuzte Rotzbombe in eine Hosentasche und holte aus der anderen ein frisches Taschentuch hervor. Angermann hatte auch schon mehr als einmal einen trauernden Witwer mit Krokodilstränen erlebt.

Jetzt mischte die Sokol sich ein: „Stimmt, er war am Donnerstag früh auf der Wache und wollte sie als abgängig melden. Der Kollege hat ihm geraten, noch zu warten."

„Seit Donnerstag hab ich sie gesucht."

Sokol nickte. „Am Freitag hat er sie dann offiziell als vermisst gemeldet."

Angermann seufzte. Manchmal ging ihm die Sokol mit ihren eingeschobenen Informationen und ihrer Besserwisserei auf die Nerven. Aber das mit dem Lainzer Tiergarten hatte er tatsächlich nicht gewusst.

„Okay", sagte Angermann. „Und warum haben Sie Ihre Frau ausgerechnet hier gesucht?"

„Sie hat gesagt, dass sie hier spazieren gehen will. Wir sind oft hier gewesen, wir sind diese Wege … gemeinsam gegangen."

„Aber diesmal war Ihre Frau alleine unterwegs?"

„Unter der Woche ist sie manchmal alleine gegangen. Da arbeite ich ja." Pichler schnäuzte sich wieder.

„Und heute?"

„Ich hab mir frei genommen …"

„… um sie zu suchen?"

„Ja." Er wischte sich übers Gesicht und stammelte: „Der Rabe … hat an ihrer … Armbanduhr … gezerrt."

Angermann überlegte, ob er ihn nicht zu einem Arzt schicken sollte, bevor Doktor Suchanek aufkreuzte und ihm ein Beruhigungsmittel verabreichen konnte. Stattdessen fragte er: „In welcher Branche arbeiten Sie?"

„Buchhalter." Pichler schluchzte, ehe er die nächsten Worte herausquetschte. „In einer Steuerberaterkanzlei."

Nicht gerade ein aufregender Beruf, dachte Angermann. Er schaute auf die Uhr. Normalerweise war der Doktor früher an einem Tatort als er. Aber was soll's! Dass Frau Pichler tot war, konnte hier jeder Gymnasiast mit einem Blick feststellen, und die genaue Todesursache würde Suchanek ohnehin erst bei der Obduktion feststellen können. Würgespuren am Hals und ein zerfetztes rotes Stück Stoff wiesen nur oberflächlich auf tödliches Strangulieren hin.

Die Sokol sprach gerade mit dem Streifenpolizisten, als Angermann auf die beiden zuging.

„Kannst du das übernehmen, Soki? Schreib alles auf und schick mir den Bericht dann rüber. Grüße an Doktor Suchanek, aber ich muss leider wieder weg." Dass er nur dringend aufs Klo musste und seinen zweiten Kaffee fertigtrinken wollte, musste er der Kollegin ja nicht unbedingt auf die Nase binden. „Ich nehm' den Wagen."

Die Sokol blickte von ihren Notizen auf. „Und was nehm' ich?"

„Die Polizei, dein Freund und Helfer." Angermann grinste und verdrückte sich.

Noch am Vormittag meldete sich der Doktor am Handy. „Bis jetzt spricht alles dafür, dass Eva Pichler mit diesem roten Baumwolltuch erdrosselt worden ist. Einige Fasern kleben an ihrem Hals. Allerdings muss das Tuch viel größer gewesen sein. Was ich hier habe, ist nur ein abgerissener Streifen davon."

„Das heißt", sagte Angermann, „entweder haben unsere Leute den Rest des Halstuchs nicht gefunden … oder die Frau ist woanders erwürgt worden."

„Oder der Täter hat den Schal mitgenommen. Ich habe keine oberflächlichen Verletzungen entdeckt, die von einem Transport der Leiche herrühren könnten."

Angermann kratzte sich überm Ohr. Wenn der Ehemann nicht der Mörder war, dann würden die Ermittlungen länger dauern, als er im Hinblick auf seinen nahen Urlaub gehofft hatte.

Zu Mittag in der Kantine deckte er sich mit Spaghetti Carbonara ein und Kollegin Sokol setzte sich mit gerösteter Hühnerleber neben ihn. „Gibt's was Neues?"

Angermann erzählte ihr vom Anruf des Doktors und dass sie noch den Rest des Halstuchs suchen mussten. „Und was gibt's bei dir, Soki?"

„Der Portier hat gesagt, dass er Pichler tatsächlich erkannt hat ..."

„Welcher Portier?"

„Na der Torwächter, der vorn beim Eingang sitzt."

„Das ist ein Angestellter des Stadtgartenamts, meine Liebe."

„Ach, du weißt also nichts vom Lainzer Tiergarten. Ein Zoo!"

„Ich hab' mich inzwischen informiert", sagte Angermann. „Also, was hat der Portier gesagt?"

„Er hat Pichler öfter mit einer dicken Frau hier gesehen. Diese Aussage stimmt also."

„Ein dünner Mann mit einer dicken Frau. So so."

„Nichts so so. Hier." Die Sokol hielt Angermann das Handy vors Gesicht. „Ich hab ihn fotografiert, während du mit ihm geredet hast. Der Portier hat sich eindeutig an ihn erinnert, besonders an die hohe Stirn."

„Schön. Dann warten wir eben noch auf das Foto von der schönen Leich'. Hast du noch was entdeckt?"

„Pichlers Daten liegen auf deinem Tisch. Und soweit ich sie gefunden hab, auch die von seiner Frau. Sie hat übrigens bis vor drei Monaten im selben Steuerbüro gearbeitet wie er."

„Gut", sagte Angermann und wischte sich den Mund ab. Das Handy läutete, Suchanek war dran. „War eigentlich eine hübsche Frau", sagte der Doktor.

Das stimmte. Auf dem Foto sah die gewaschene Tote immer noch fast appetitlich aus. Das zweite Foto zeigte den sorgfältig gereinigten und ausgebreiteten Rest des roten Halstuchs. Die Rissstelle schien seltsam gerade. „Fällt dir was auf?

„Schaut aus wie gezielt abgerissen."

Angermann nickte. Damit musste er sich später beschäftigen.

„Hast du auch herausgefunden, warum sie die Firma verlassen hat?"

Die Sokol zog die Schultern hoch. „Wie hätte ich sollen?"

„Dann machen wir das heute Nachmittag. Hast du die Adresse?"

„Klar."

Der Steuerberater Doktor Kemal Özdamar residierte in einem Jugendstilgebäude, in dessen Stiegenhaus die Messingbeschläge an Wänden, Türen und Fenstern nur so glänzten. Im Vorraum empfing sie eine bekümmert dreinschauende Empfangsdame. „Wir haben es schon gehört."

„Von wem?"

„Herr Pichler hat uns am Vormittag angerufen. Er hat sehr verzweifelt geklungen."

„Wann war das?"

„So um zehn."

„Das könnte stimmen", sagte die Sokol. Sie zwinkerte der Dame zu; das tat sie immer, wenn sie glaubte, jemanden aufheitern zu müssen. Und flüsternd wandte sie sich an Angermann: „Um halb zehn hat ihn unsere Streife nach Hause gebracht."

Im Augenblick interessierte Angermann das sehr wenig, obwohl er froh war, dass die Sokol auch solche Details notierte. Er kam gleich zur Sache:

„Warum hat Frau Pichler vor drei Monaten die Firma verlassen? Wurde ihr gekündigt?"

„Sie ist auf eigenen Wunsch gegangen."

„Wissen Sie auch den Grund? Hatte sie Feinde in der Firma?"

„Feinde? Nein, sicher nicht."

„Aber einen Grund muss sie ja gehabt haben."

„Den kennt vielleicht unser Chef."

„Und ihr Mann. War vielleicht der der Grund für die Kündigung?"

„Das glaube ich nicht. Die beiden haben sich immer gut verstanden."

Angermann öffnete sein Notizbuch. „Falls Ihnen noch etwas einfällt, rufen Sie mich bitte an." Er legte der Dame seine Visitenkarte aufs Empfangspult. „Und wie lange kann ich sie hier erreichen, Gnädigste?"

Das bekümmerte Gesicht hatte sie abgelegt, sie lächelte jetzt ihr Empfangsdamenlächeln. „Bis fünf, Herr Inspektor."

Zwei Minuten später saßen Angermann und die Sokol dem Chef gegenüber, einem gepflegten, gutaussehenden Mittvierziger mit einer typisch türkischen Nase. Seine Oberlippe zitterte.

„Tut mir leid, meine Herren. Frau Pichler hat keinen Grund genannt. Das war ihr gutes Recht." Er sprach perfektes österreichisches Deutsch.

„Und Verdacht hatten Sie auch keinen? Vielleicht hat es ein Gerücht in der Firma gegeben …"

Einen Augenblick lang betrachtete Doktor Özdamar seine polierten Fingernägel. „Nicht, dass ich wüsste."

„War sie beliebt bei den Kollegen?"

„Ich denke schon."

„Wie schätzten Sie das Verhältnis zwischen ihr und ihrem Mann ein?"

Wieder zögerte Özdamar. „Ich denke, gut. Jedenfalls nach außen hin." Er überlegte offensichtlich jedes Wort.

Angermann hakte nach. „Und nach innen hin?"

Diesmal antwortete Özdamar prompt: „Keine Ahnung."

„Eine Frage noch." Angermann warf der Sokol einen Blick zu, der bedeutete, dass er die Antwort notieren solle. „Sind Sie verheiratet, Herr Doktor?"

Über Sokols Gesicht huschte ein kaum merkliches Lächeln, während Özdamars Miene sich verfinsterte.

„Was soll diese Frage?"

Angermann horchte auf. Konnte er aus dieser Gegenfrage vielleicht auf ein schlechtes Gewissen schließen? „Sie kennen den Lainzer Tiergarten?"

„Ja, natürlich. Warum fragen Sie?"

„Reine Routine bei möglichen Zeugen. Dort wurde nämlich die Leiche gefunden."

„Ich kann nichts bezeugen, ich bin seit zwei oder drei Jahre nicht mehr dort gewesen. Und was soll das mit meiner Frau zu tun haben?" Jetzt zitterte nicht nur seine Oberlippe, auch sein linkes Augenlid zuckte.

„Wir müssen alle Möglichkeiten in Betracht ziehen."

„Lassen Sie bitte meine Frau aus dem Spiel."

„Die Spielregeln bestimmen wir, Herr Doktor Özdamar. Aber wenn es nicht nötig ist, werden wir Ihre Frau nicht behelligen."

Nachdem sie das Steuerbüro verlassen hatten, fragte die Sokol: „Du verdächtigst doch nicht etwa diesen Geldbeutel?"

„Ich will nur wissen, ob er etwas mit der Pichlerin hatte. Hast du übrigens das Heftpflaster an seinem Handgelenk gesehen?"

„Hab ich. Aber der hätte doch eher den Mann umgebracht als die Frau."

„Da wäre ich nicht so sicher. Vielleicht ist ihm die Affäre zu heiß geworden. – Falls er je eine hatte …"

„Aber kennt er den Lainzer Tiergarten." Die Sokol lächelte provokant. „Er ist immerhin Türke, und du bist aus Mistelbach."

Angermann gab sich geschlagen. „Na schön, ich hatte eben eine Bildungslücke – die du gefüllt hast."

Jetzt lachten sie beide.

„Wir sollten noch wegen diesem Kassenbon im Restaurant fragen." Die Sokol kramte in ihrer Tasche. „Hier: Die Rechnung über Kaffee und Kuchen, die Pichler aus der Jackentasche verloren hat, als er das frische Schnäuztuch herausgezogen hat." Sie strich den Kassenbon zwischen den Fingern glatt und gab ihn Angermann.

„Wir müssen ohnehin nochmals hin. Ich hab' Pichler versprochen, seinen Wagen vom Parkplatz holen zu lassen. Die Polizei, dein Freund und Helfer. Du kannst dann mit meinem zurückfahren."

Die Sokol schaute auf die Uhr. „Heute noch?"

Als sie auf dem Parkplatz ankamen, näherte sich die Sonne bereits den Wipfeln der Bäume im Westen. Am Tor hing ein Schild: *Sperrstunde 19:00 Uhr*. Das Restaurant sperrte um sechs. Wenn sie sich beeilten, würden sie noch vor sechs beim Restaurant sein. Sie kamen an, als der Chef gerade zusperrte.

„Nur drei Minuten", sagte die Sokol und steckte den Ausweis wieder ein.

Der Wirt betrachtete Pichlers Foto. „Ja, der Mann war öfter hier."

„Mit dieser Frau?"

Er rückte die Brille zurecht. „Ist das die Tote?"

„War er mit ihr da oder nicht?"

„Ja. Auch."

Angermann spitzte die Ohren. „Können Sie die andere beschreiben?"

„Jünger, schlank. Schwarze Haare, hochgesteckt."

Die Sokol pfiff durch die Zähne.

„An mehr kann ich mich wirklich nicht erinnern. Kann ich jetzt gehen?"

„Eine Sekunde noch." Angermann hielt ihm den Kassenbon hin. „Das war vorigen Dienstag um 14:30 Uhr. Zwei Kuchen, zwei Melange. Erinnern Sie sich, ob da die dicke oder die schlanke Frau dabei gewesen ist?"

Der Wirt sperrte zu und zog den Schlüssel ab. „Tut mir leid, ich hab noch was anderes zu tun." Er machte sich auf den Weg zum Ausgang des Tiergartens, während Angermann und die Sokol nicht von seiner Seite wichen. Nach gut hundert Metern blieb er stehen und warf nochmals einen Blick auf Sokols Handy.

„Es war die dicke Dame mit einem roten Halstuch, aber mit einem anderen Mann."

Jetzt beeilte sich Sokol, ihm ein anderes Foto unter die Nase zu halten. „Der vielleicht?"

Der Wirt griff nach Brigitte Sokols Hand mit dem Handy und hielt sie von sich, wie um das Foto zu fokussieren. Dann nickte er.

„Sind Sie sicher?"

„Ziemlich."

Angermann brauchte nicht hinzuschauen, er wusste auch so, wer auf dem Foto zu sehen war. Die Sokol hatte ganze Arbeit geleistet und vermutlich die Fotos der gesamten Belegschaft der Steuerberaterkanzlei von deren Homepage aufs Handy gespeichert.

Nachdem sie sich für die Auskunft bedankt hatten, entließen sie den Wirten und setzten sich auf die nächste Bank. Sokol lachte. „Ein fideles Kleeblatt."

„Aber wer ist der Mörder?" Wie sonst auch versuchte Angermann laut zu denken, aber diesmal wartete er vergeblich auf eine Eingebung. „Und wie kommt die Rechnung in Pichlers Jackentasche, wenn nicht er die Jause bezahlt hat? Gibt es jemanden, mit dem ihn der Wirt verwechselt hat? Vielleicht ein Mann, den wir noch nicht kennen …"

„Oder eine Frau."

„Es war doch eindeutig ein Hetero-Pärchen, das der Wirt gesehen hat. Außerdem ist Erwürgen nicht gerade eine Spezialität von Frauen."

„Vielleicht", sagte Sokol, „gibt uns die Obduktion einen neuen Hinweis. Wir sollten auch so bald wie möglich den anderen Teil des roten Halstuchs finden, aber heute wird da wohl nichts mehr."

„In der Dämmerung sieht man manchmal Dinge", sagte Angermann, „die bei Tageslicht unsichtbar bleiben. Wenn wir uns beeilen ..."

Mit großen Schritten machten sie kehrt, marschierten den Weg zurück, vorbei am Restaurant, und näherten sich nach 10 Minuten dem Auffindungsort der Leiche. Sie drangen durch die Büsche und erreichten das rot-weiße Absperrband. Die Taschenlampe der Sokol flammte auf. Der Boden unter ihnen war aufgewühlt, außerdem stach Angermann ein scharfer Geruch in die Nase. Da grunzte es auch schon hinter ihnen. Im Lichtkegel der Taschenlampe stand ihnen mit zitternden Flanken ein riesengroßes Wildschwein gegenüber.

„Die Viecher sind nachtaktiv", sagte Sokol trocken.

„Das hättest du nicht früher sagen können?!"

Die Sau kam näher und blieb unmittelbar vor Angermann stehen. Sie streckte den Hals und stieß mit dem Rüssel an seine Hose. Angermann schluckte. „Am besten, wir hauen ab."

„Aber nicht zu schnell, sonst rennt sie uns nach." Sie leuchtete vor sich auf den Boden und setzte sich ganz ruhig in Bewegung. Angermann folgte ihr. Über knackende Äste und schmatzende Pfützen erreichten sie den trockenen Weg, der sie bis hinter die Nebengebäude der Hermesvilla führte. Erst auf der Fahrstraße blieben sie stehen. Das Wildschwein war ihnen nicht gefolgt.

„Was ist das hier?", fragte Angermann und deutet auf das Gebäude, aus dessen Giebelmauer Pferdeköpfe aus Stein herausragten.

„Die k. und k. Stallungen." Die Sokol wusste wohl alles.

Sie ließ den Lichtkegel der Lampe über Angermanns Hose gleiten und lachte. „Du hast da einen Fleck."

Angermann ging zum nahen k. und k. Brunnen, der in der Böschung zwischen Straße und Wald eingelassen war. Er beugte sich über den Rand und versuchte, mit den Händen Wasser heraus zu schöpfen. „Leucht' einmal da hinein."

Am Boden des Beckens lagen Dutzende Münzen, meist rötlich glänzende Cents. Das Wasserschöpfen gab Angermann sofort wieder auf, es würde nur den Fleck auf seiner Hose vergrößern. Da entdeckte er etwas anderes.

Auch Sokol sah es. Sie gab Angermann die Taschenlampe, zog die Jacke aus, legte sie auf den Beckenrand und krempelte den Ärmel ihrer Bluse hoch.

Während sie sich mit der anderen Hand abstützte, barg sie das Ding. Eine Uhr. Sie ließ sie abtropfen und steckte sie dann behutsam in ein Plastikbeutelchen. „Es ist aber keine Damenarmbanduhr", sagte sie.

Angermann betrachtete sie. „Wenn ein Rabe wissen will, wie spät es ist, wird ihm das wurscht sein."

„Hier gibt es keine Raben, nur Krähen."

„Ja, Tante Soki", sagte Angermann. „Wenn das Öz... Özis Uhr ist, dann ist er geliefert, unser Herr Steuerberater."

Am nächsten Vormittag meldete sich Doktor Suchanek am Telefon: „Keine verwertbaren Fingerabdrücke auf der Uhr. Auch keine Blutspuren, aber Hautschuppen, die ich zur DNA-Analyse geschickt hab. Der Zipf vom Halstuch liegt auch schon dort. Ergebnisse gibt es vielleicht heute Abend."

Angermann bedankte sich, zur Sokol sagte er: „Wetten, dass wir schneller sind ..."

Sie machten sich auf den Weg zum Steuerberater. Das Heftpflaster an dessen linken Hand war verschwunden, am Handgelenk prangte eine Uhr. Sokol hielt ihm das Foto der gefundenen Uhr hin.

Özi warf einen Blick darauf und war wieder einmal ungehalten. „Was soll das?"

„Die haben wir neben der Leiche gefunden."

„Na und? Das ist nicht meine Uhr."

„Aber sie gleicht ihrer aufs Haar."

„Meine liebe Frau Inspektor, die Uhr ist zwar teuer gewesen, aber davon gibt es Tausende. Die Firma Horex lebt davon." Özi schob den Ärmel hoch und nahm die Uhr ab. „Und die Verletzung stammt von einer Rauferei mit meinem sechsjährigen Sohn. Sie können ihn gerne fragen."

Das klang wie vorbereitet. Der Mann war intelligent genug, alles minuziös zu planen.

„Außerdem tragen zwei Mitarbeiter von mir die gleiche Uhr. Herr Pichler hat seine vor einem halben Jahr zur Feier seiner 10-jährigen Firmenzugehörigkeit geschenkt bekommen."

Die Sokol verbarg ihre Überraschung durch heftiges Notieren auf ihrem Tablet und Angermann rettete sich in einen ungeplanten Angriff.

„Wo steht Ihr Auto, Herr Öz … damar?"

„Was interessiert Sie mein Auto?" Dass der Mann überrascht war, konnte er nicht verbergen.

„Reine Routine."

„Achso, ja. Hier im Haus, in der Garage. Aber Sie werden nichts finden, was Ihnen bei Ihrem Mordfall weiterhilft."

Möglich, dachte Angermann. Er fragte noch nach der Automarke und nach der Stellplatznummer, beides teilte ihm Özi bereitwillig mit. Als er aber um den Wagenschlüssel ersuchte, winkte Ötzi ab.

„Werde ich denn verdächtigt?"

„Sie wurden im Restaurant in der Hermesvilla gesehen. Mit dem Mordopfer. Wie anders wären Sie hingekommen als mit dem Wagen? Aber Sie können natürlich auch auf den Durchsuchungsbescheid warten."

Immerhin händigte er ihnen den Schlüssel aus. „Werfen Sie ihn nachher ins Postfach im Erdgeschoss."

Sie fanden den Volvo sofort.

„Was suchen wir da drin eigentlich?", fragte die Sokol.

„Jetzt nichts mehr. Er hätte uns den Schlüssel nicht gegeben, wenn er etwas im Auto zu verbergen hätte." Trotzdem streifte Angermann Handschuhe über und setzte sich hinters Lenkrad. „Ich wollte, ich könnte mir auch so ein Wägelchen leisten." Er tastete ins Handschuhfach und in die Ablagen, holte einen Kugelschreiber heraus und einen verschrumpelten Apfel. Im Türfach stieß er unter einem Bündel aus Kurzparkscheinen auf einen weiteren Wagenschlüssel, der aber nicht von einem Volvo, sondern von einem Mercedes stammte.

Angermann stieg aus und drücke die Fernsteuerung auf diesem Schlüssel. Ein Wagen am Ende der Fahrzeugreihe reagierte, eine Sekunde später auch die Sokol.

„He!" Sokol grinste. Sie schaltete das Tablet ein, und nach ein paarmal Tippen las sie eine Nummer vor, die mit dem polizeilichen Kennzeichen übereinstimmte. „Der Wagen von Frau Gabriele Özdamar, ein Mercedes A160."

„Dann ist es also doch ein Quartett", sagte Angermann.

„Ja, und wir müssen noch einmal hinauf."

Angermann schüttelte den Kopf. „Nur nichts überstürzen!" Er spähte ins Wageninnere. „Schau mal, Soki, siehst du auch, was ich sehe?"

Die Sokol ging mit dem Gesicht nah an die Seitenscheibe. „Ob das der rote Schal ist, den wir suchen?"

Aus dem geschlossenen Handschuhfach hing ein kleines Stück roter Stoff heraus. Jetzt öffnete Angermann die Autotür.

Die Sokol machte einige Fotos, dann öffnete Angermann auch das Handschuhfach. Das rote, zerknüllte Tuch fiel heraus. Ein Zipfel und ein Randstreifen fehlten. Sokol stopfte das Tuch in ein Plastiksäckchen, dann legte Angermann den Wagenschlüssel zurück in Özis Volvo.

„Ich fahr jetzt noch zu Pichler", sagte Angermann. „Kommst du mit, Soki?"

„Ich hatte noch vor, ein bisschen zu surfen." Soki fand so ziemlich alles im Internet.

„Okay."

Sie trennten sich, und Angermann fuhr zu Pichlers Wohnung. Pichler war gerade dabei, sich Eier zu braten. „Wollen Sie auch welche, Herr Inspektor?", fragte er, während er mit dem Kochlöffel in der Hand zurück zum Herd ging. Angermann folgte ihm, lehnte aber ab.

„Ich wollte nur fragen, ob Sie ihren Wagen heute noch brauchen. Wenn ja, dann lasse ich ihn sofort holen." Angermann hatte nicht mehr die Absicht, das zu veranlassen: er hatte etwas gesehen, das ihm zu denken gab. „Mmm, schaut gut aus. Darf ich fotografieren? Meine Tochter versucht sich gerade im Kochen."

Er fotografierte die Pfanne, in der Pichler gerade mit sichtbarer Vorfreude aufs Essen umrührte. „Danke", sagte er.

Nachdem Pichler ihm versichert hatte, dass er den Wagen morgen früh selbst abholen könne, verabschiedete sich Angermann, verließ das Haus und rief Soki an.

„Pichler trägt tatsächlich eine Horex am Handgelenk."

„Bist du sicher?"

„Ja. Ich schick dir das Foto."

„Na prima! Dann haben wir drei Horexen."

Als Angermann am nächsten Morgen ins Büro kam, saß Soki mit roten Ohren hinterm Laptop.

„Ich hab' schon zwei Juweliere gefunden, die am Freitag und Samstag je eine Horex verkauft haben."

Eine halbe Stunde später hatte Brigitte Sokol einen dritten Juwelier gefunden, der sich am Telefon an einen Käufer erinnerte, auf den Pichlers Beschreibung passte.

„Bist ein Schatz, Soki." Sie fuhren hin und legten dem Mann ein Foto Pichlers zur Bestätigung vor.

Dann ging alles sehr schnell.

Mit dem roten Tuch aus Frau Özdamars Wagen fuhren zu Pichler. Der leugnete zuerst, aber nachdem sie ihm das Tuch gezeigt und auf die bevorstehende DNA-Analyse hingewiesen hatten, verlor er die Nerven und brach in Tränen aus. Diesmal war es nicht gespielt.

Er hatte entdeckt, dass seine Frau sich heimlich mit seinem Chef traf, und hatte es beiden heimzahlen wollen. Seiner Frau, indem er sie mit dem roten Tuch erwürgte, seinem Chef, indem er ihn als Mörder hinstellen wollte. Die Rechnung aus dem Restaurant hatte er in Gabriele Özdamars Wagen gefunden, nachdem er ihn nach dem Mord in die Garage zurückgebracht und das rote Tuch ins Handschuhfach gestopft hatte. Und ja, er sei mehr als einmal mit der Frau seines Chefs ausgefahren. Und nein, Frau Özdamar habe vom Mord keine Ahnung gehabt. Alles hätte geklappt, wenn er nicht seine Uhr verloren und ein Rabe sie gefunden und in den Brunnen hätte fallen lassen.

„Es gibt keine Raben bei uns", unterbrach Soki ihn, „nur Krähen."

Der Tote vom Mönchsberg

Unfall oder Selbstmord?

Blöde Überschrift! Chefinspektor Niko Bachmaier schob die Salzburger Nachrichten beiseite.

Sein neuer Mitarbeiter blickte von der Kaffeetasse auf. „Du glaubst es nicht? Gestern Nacht hast du gesagt, es kann sich nur um einen Unfall handeln."

„Franzi, du musst noch viel lernen. Unsere Stadtverwaltung wünscht sich keinen Mord direkt neben dem Festspielhaus, während im Großen Saal eine Premiere läuft."

„Du zweifelst daran?"

„Wir haben bis jetzt nicht einmal Hinweis auf die Identität des Toten gefunden." Bachmaier stand auf und holte sich den zweiten Kaffee. „Keine Geldbörse, kein Handy, kein Garnichts. Ein billiger Anorak mit Kapuze, ein T-Shirt. Die Unterhose auch nur aus dem Kaufhaus. Ach ja, und ein plattgewalzter Walkman Modell Anno Schnee mit einer Johnny-Cash-CD."

„Der Mann hatte also etwas zu verbergen."

„Er selbst oder die Mörder. Ich denke, der Mann wurde unauffällig beseitigt."

„Na, unauffällig kann man das gerade nicht nennen."

Bachmaier schlürfte seinen Kaffee. „Aber vielleicht als Warnung für andere."

Zehn Minuten später läutete sein Handy. Professor Hofer von der Gerichtsmedizin war dran. „Der Tote ist circa eins siebzig, circa 75 kg schwer, zwischen dreißig und vierzig. Er hat eine Blinddarmnarbe und Einstiche in der Armbeuge. Eine kleine Vorausmeldung zur Obduktion: Er hat eine Verletzung, die nicht vom Absturz stammen dürfte."

„Betäubt?" Bachmaier schaltete das Handy auf laut.

„Vielleicht. Er muss einen Schlag gegen das Genick mit einer runden Eisenstange oder ähnlichem abbekommen haben."

„Tödlich?"

„Ihr wollt immer alles sofort wissen. Genaueres kriegt ihr später."

Bachmaier schaltete das Handy ab und nahm die Kaffeetasse wieder auf. Er leerte sie mit einem Zug. „Weißt du, was das bedeutet, Franzi?"

„Bandenkriminalität?"

Bachmaier stellte die Tasse mit einem lauten Klack auf den Tisch zurück und stand auf. „Vor allem viel Arbeit. – Und eins ist sicher: Da wollte uns niemand einen Unfall vortäuschen."

„Na ja", sagte Franzi, „oder es war jemand so dumm und hat geglaubt, wir bemerken die Verletzung nicht."

„Jedenfalls gehst du jetzt alle Einbrüche und Diebstähle der letzten Zeit durch. Und frag, wie weit unsere Leute mit der Untersuchung des Walkmans sind."

„Und was machst du?"

„Zuerst bin ich bei der Festspielleitung, dann vielleicht nochmals am Tatort."

Bachmaier nahm sein Fernglas aus der Lade und verließ das Büro. Er fuhr in die Altstadt und hinauf bis zur Edmundsburg, wo er den Wagen abstellte. Zu Fuß ging er weiter zur Festspieldirektion.

Direktor und Intendant hatten nicht viel Zeit für ihn, sie suhlten sich noch im rauschenden Erfolg der gestrigen Figaro-Premiere. Jedenfalls bestanden sie auf strikter Aufrechterhaltung der Unfalltheorie. Als ob man per Ausrutscher auf dem Mönchsberg in weitem Bogen mitten auf die Fahrbahn vor dem Neutor-Tunnel stürzen könnte.

„Wenn nicht ein Reporter auf die Idee kommt, aus der Flugbahn des Toten die richtigen Schlüsse zu ziehen", sagte Bachmaier und verließ die Direktion.

Unterwegs erreichte ihn der Anruf vom Staatsanwalt. Der Mann schrie ihn beinahe an. „Hören Sie, Bachmaier! So geht das nicht. Sie platzen bei den Festspielen rein und faseln was von Mord?! Sind Sie verrückt? Es war ein Unfall! Und wenn es keiner war, dann machen Sie einen draus!"

Er drehte das Handy vom Ohr weg und zählte tonlos bis zehn.

„Hallo? Bachmaier? Haben Sie mich verstanden?!"

Er nahm das Handy wieder ans Ohr und zuckte mit den Schultern. Wahrscheinlich hatte der Direktor sofort den Staatsanwalt angerufen …

„Ich habe verstanden", sagte er leise. – Oida! Des geht ma am Oarsch vorbei. Ein Spruch, den er von einem Wiener gelernt hatte.

Er ging den steilen Fußweg weiter, der hinaufführte auf den Mönchsberg. Bei der Aussichtsstelle über dem Neutor kroch er unter der Absperrleine durch und folgte dem vom Gestrüpp halb überwucherten Trampelpfad zur Absprungstelle der Selbstmörder. Die Leute der Spurensicherung waren vorne noch an der Arbeit.

„Hallo Wolfgang. Habt ihr Schuhabdrücke gesichert?"

„Ja, einige." Wolfgang deutete auf die Reste der Abgussmasse, die noch um die jetzt kaum noch erkennbaren Spuren klebten. „Sind schon in der Alpenstraße bei den anderen Sachen."

Bachmaier trat noch ein paar Schritte näher an die Absprungstelle, doch Wolfgang schickte ihn zurück. „Wir sind noch nicht fertig hier, Chef."

„Habt ihr vielleicht auch den zweiten Schuh gefunden?"

„Hier oben liegt er sicher nicht."

Das Opfer hatte nur einen Schuh getragen, als es auf dem Asphalt aufgeschlagen war. Den Sneaker einer unbekannten Marke, vermutlich ein Billigprodukt. Er nahm sich vor, Franzi gleich nach dem Mittagsessen in den Schuhmarkt zu schicken.

Eigentlich hatte er vorgehabt, selbst einen Blick von der Absprungstelle in den Abgrund zu werfen, aber er wollte sich nicht anseilen lassen, wie die Kollegen ihm in der Früh vorgeschlagen hatten. Außerdem hätte er sich vielleicht angepinkelt.

Er schlug sich durch die Büsche zurück auf den markierten Weg und wandte sich Richtung öffentlichen Aussichtspunkt. Dort zog er sein Fernglas hervor, beugte sich etwas mulmig übers Geländer und blickte in die Tiefe. Vielleicht lag der Schuh auf dem Torbau des Tunnels oder in der Mulde dahinter, vielleicht auf dem Dach des Festspielhauses, das direkt an die Felswand angebaut war. Um den Tathergang zu rekonstruieren, dazu könnte die Lage des verlorenen Schuhs hilfreich sein. Doch allmählich gab er die Hoffnung auf, ihn durchs Fernglas zu entdecken. Die Blätter der kümmerlichen Bäume am Rande des Abgrunds wippten immer wieder in sein Blickfeld. Er dachte gerade, dass er ja die Spurensicherung über die Felswand hinunterschicken könnte, als sein Handy läutete.

Franzi war dran.

„Heute wurden schon zwei Einbrüche gemeldet, gestern nur vier und vorgestern sieben. Darunter fünf Autoeinbrüche. Es ist eine Menge gestohlen worden. Darunter eine ganze Surfausrüstung …"

„Verschon' mich jetzt damit."

„Soll ich mir die alle vornehmen?"

„Wenn es eine Bande ist, dann waren sie vielleicht zu zweit oder zu dritt unterwegs. Die könnten vielleicht auch andere Dinge weggeschafft haben als Schmuck, Bargeld und so weiter."

Franzi raunzte gerade etwas Unverständliches ins Telefon, als durchs Fernglas etwas Weißes zu Bachmaier herüberwinkte.

„Da wäre eine Arbeit für die Bergsteiger in unserer Mannschaft", sagte Bachmaier mehr zum Fernglas als ins Telefon.

„Wir haben gleich in der Früh zwei Bergputzer herbestellt, die müssten bald da sein. Ich fahr dann mit denen rüber."

Manchmal hatte Franzi hervorragende Ideen, er würde gut ins Team passen.

„Schön", sagte Bachmaier, „ich komm dann ins Büro." Aber er lehnte sich wieder vor.

An einem Ast, der über den Abgrund ragte, flatterte das weiße Ding im Wind. Bachmaier versuchte, es im Blickfeld zu behalten, aber immer wieder wurde es von anderen schwankenden Zweigen verdeckt. Er schob ein Bein über den unteren Holm des Geländers und schlang den Fuß um den nächsten Steher. Dann beugte er sich vor und fotografierte mit ausgestreckten Armen mit dem Handy in den Abgrund. Vielleicht würde man etwas auf den Fotos erkennen. Dann rief Franzi nochmals an:

„Und den Namen des Opfers haben wir auch. Aus unserer Datei. Ein Kleinkrimineller namens August Oberholzer."

Auf dem Parkplatz in der Alpenstraße parkte ein Einsatzfahrzeug mit Kran und Seilwinde. Vor Bachmaiers Bürotür standen zwei Männer in Bergsteigerausrüstung und Franzi trat soeben heraus.

„Du kommst gerade rechtzeitig", sagte Franzi und stellte ihm die beiden Männer vor. Es waren Freunde von Franzi. „Wir sind schon unterwegs. Kommst du mit?"

Bachmaier schüttelte den Kopf. „In ungefähr halber Höhe hängt etwas Weißes über dem Tor. Sieht aus wie Blätter aus einem Buch oder Heft."

Er setzte sich an seinen Schreibtisch, wo Franzi ihm eine Liste mit den Einbrüchen der letzten drei Tage hingelegt hatte. Zwei von den 23 Einbrüchen waren rot unterstrichen: ein seltsamer Einbruch in einen BMW in der Altstadtgarage, der nur vom Wachpersonal gemeldet worden war und nicht vom Wagenbesitzer. Den hatte Franzi über das Kennzeichen ausfindig gemacht: ein Rechtsanwalt namens Jankowski aus Wien.

Bei der zweiten auffälligen Meldung hatte er einen halben Roman verfasst: *Diese Villa in Mülln gehört einem Immobilienhändler. Bei dem wurde heuer im Juni eingebrochen, aber nichts gestohlen. Diesmal will er nur beim Nachbarn etwas gehört haben.*

Bachmaier checkte auch noch die anderen 21 Einbrüche. Zwei davon waren inzwischen aufgeklärt, bei den restlichen fand er nichts, was auf einen Mord unter Kriminellen hätte hindeuten können.

Er überprüfte auch die Dateien, die sie allgemein über die Einbrüche angelegt hatten. Wieso war er eigentlich auf die Idee gekommen, dass es sich um eine Säuberung unter Bandenmitgliedern handelte? Und wieso Einbrüche? Weil Einbrüche während der Festspielzeit an der Tagesordnung waren? Oder vielmehr an der „Nachtordnung". Was konnte es sonst noch sein? Drogendelikte? Sexualdelikte? Er brauchte unbedingt den Obduktionsbericht. Als er aufstand, um sich einen weiteren Kaffee – diesmal im Pappbecher vom Automaten – zu holen, läutete sein Festnetztelefon.

„Da war grad ein Anruf vom Landeskrankenhaus. Eine Frau ist gestern Abend überfallen worden. Noch nicht ansprechbar. Ich schick dir die Daten rüber."

Das machte seine Laune auch nicht besser. Als er den Hörer auflegte, hatte er schon die Daten auf dem PC. Die Dame hieß Regina Huber und wohnte einen Kilometer vom Neutor entfernt. Südlich. Das passte nicht zu seinen Vermutungen.

Und wenn es kein Unfall war, dann machen Sie einen draus! Oh Gott, er wollte gar nicht weiter daran denken.

Nachdem er sein spätes Gabelfrühstück in der Kantine eingenommen hatte, fuhr er auf den Mönchsberg. Der Kranwagen stand quer über den Weg und die Seilwinde zog gerade einen der Bergputzer herauf. Neben dem Fahrzeug lagen ausgebreitet auf einer großen

Plane einige Gegenstände, die zum Teil bereits in Plastiksäcke gepackt waren. Ein Mann von der Spurensicherung half dem Bergputzer, sich vom Seil abzukoppeln.

„Wir lange sollen wir noch suchen?"

Bachmaier betrachtete die Dinge, ein Sneaker war nicht dabei. „Habt ihr das Papier? Hat von weitem ausgesehen wie der Teil eines Buches."

Franzi bückte sich nach einem der Säckchen und reichte es ihm. Es waren tatsächlich einige noch zusammenhängende Seiten eines Kalenders oder Notizbuches. „Aber unbeschrieben", sagte Franzi.

Das nützte wenig. Wenn es denn überhaupt mit dem Toten in Zusammenhang stand. Franzi blickte zu ihm auf. „Vielleicht Fingerabdrücke."

Weiters lagen hier ein löchriger Gummistiefel, eine Jausenbox aus Plastik, ein zerfetzter Knirps und eine Schuheinlage noch unverpackt in Reih und Glied.

„Die Schuheinlage", sagte Bachmaier.

Franzi runzelte die Stirn. „Er hatte aber im anderen Schuh keine."

„Und kleinere Füße." Bachmaier deutete auf ein rosafarbenes Stück Stoff. „Und was ist das?"

„Ein Unterhöschen." Franzi grinste. Er wusste noch nichts vom Überfall auf die Frau.

„Auch einpacken."

Während Wolfgang von der Spurensicherung die Schuheinlage und das Unterhöschen einpackte, entleerte der Bergputzer seinen Eimer und legte noch ein paar Fundstücke auf die Plane, darunter eine Sonnenbrille. „Porsche Design", sagte er und lachte. „Ich heiße leider nicht Jankowski. Das steht auf dem Bügel."

Franzi sprang auf, schaute Bachmaier mit aufgerissenen Augen an. „Ein Mann, den wir kennen?"

Bachmaier hob beruhigend die Hand. „Noch nicht, aber bald."

Noch am Vormittag hatte Franzi ganze Arbeit geleistet: Jankowski wohnte in der Blauen Gans.

Der Anwalt mochte Mitte vierzig sein und trug einen Trainingsanzug.

„Dürfen wir reinkommen?" Bachmaier hielt ihm seinen Ausweis unter die Nase.

Jankowski ließ sie eintreten und bot ihnen an, sich in einer Sitzgarnitur mit weißen verschnörkelten Beinen niederzulassen. Auch er selbst setzte sich. „Was kann ich für Sie tun?"

„Nur ein paar Fragen. Zum Beispiel: Warum haben Sie den Einbruch in Ihr Auto vor drei Tagen nicht selbst bei der Polizei gemeldet?"

Die Antwort kam wie vorbereitet. „Weil ich erst einen Tag später davon erfahren hab. Zur Zeit des Einbruchs war ich in einem Konzert und wurde erst am nächsten Morgen verständigt. Das Wachpersonal der Garage hat es für mich erledigt."

„Was hat der Mann aus dem Wagen gestohlen?"

„Es wurde zum Glück nichts entwendet."

Bachmaier wechselte mit Franzi einen Blick. Franzi holte die Fotos hervor und legte sie auf den Couchtisch.

„Gehört der Walkman Ihnen?", fragte Bachmaier.

„Nicht dass ich wüsste."

„Sie sind nicht sicher?"

„Vielleicht gehört er meiner Freundin. Aber wie er aussieht, würde sie das Ding ohnehin nicht wiedererkennen." Jankowskis Ironie war nicht zu überhören.

„Da sind Fingerabdrücke darauf." Bachmaier bluffte. Sie hatten nur unbrauchbare Abdrücke gefunden. „Bitte das nächste Bild, Franzi."

Franzi präsentierte das nächste Foto und legte ein weiteres daneben. Zuerst die ganze Sonnenbrille, dann die Innenseite des Bügels mit der eingravierten Schrift *Jankowski*.

„Hier brauchen wir nicht einmal Ihre Fingerabdrücke."

Jankowski knickte ein. „Hören Sie, ich habe hier in Salzburg Gespräche zu führen, bei denen meine Partner nicht erfahren sollten, dass in meinem Wagen eingebrochen worden ist."

Bachmaier lehnte sich zurück. „Deshalb haben Sie später den Wachleuten erzählt, sie hätten den Schlüssel verlegt und die Scheibe selbst eingedrückt. Nie was von Überwachungskameras gehört?"

Jankowski wandte sich von den Fotos ab und stand auf. Er ging zum Fenster, wo er stehen blieb, die Arme verschränkte und in die Getreidegasse hinausblickte. Nach einer Schweigeminute sagte er: „Es war dumm von mir." Nach dieser unerwarteten Einsicht kam er zum Couchtisch zurück.

„Ich frage Sie deshalb nochmals, Herr Jankowski", sagte Bachmaier. „Wurde etwas gestohlen? Etwas, das Ihre Geschäftspartner vielleicht gerne gehabt hätten? Hatten Sie wichtiges Material in Ihrem Wagen?" Bachmaier nickte Franzi zu. Franzi schob Jankowski ein viertes Foto näher. Geknickte und leicht verschmutzte Blätter aus einem Kalender.

Jankowskis Mundwinkel zuckten, als er das Bild betrachtete. Er quetschte nur ein heiseres „Ja" hervor.

„Der Rest", sagte Bachmaier, „liegt vermutlich in der Dachrinne des Festspielhauses. Ohne Garantie, dass er komplett ist."

Das fünfte Foto zeigte in Großaufnahme die Dachrinne, aufgenommen von dem Mann am Seil. Darin lag ein halb zerfetztes Buch, das aussah wie ein Kalender mit rotem Einband.

Ehe Jankowski dazu etwas sagen konnte, läutete Bachmaiers Handy. Eine SMS:

Ein Zeuge hat gestern Abend zwischen Mülln und Abwurfstelle zwei Mann mit großem, schwerem Koffer gesehen.

Jetzt erhob Bachmaier sich.

„Falls Sie Interesse haben: Den Kalender könnten Sie sicher ohne großen Aufwand vom Dachboden dieses Gebäudes aus bergen lassen. Es gibt in der Nähe Dachfenster."

Franzi kapierte, dass Bachmaier sich plötzlich für etwas anderes interessierte und aufbrechen wollte. Sofort sammelte er die Fotos ein.

Ein großer Koffer und ein Toter darin? Bachmaiers Gedanken schossen durcheinander. Er schüttelte sich.

Wenn es kein Unfall war, dann machen Sie einen draus! Diese Chancen wurden immer geringer.

Unten auf der Straße klärte Bachmaier Franzi über die SMS auf und rief den Sender der Nachricht an.

„Ein verlässlicher Zeuge?"

„Ich denke schon. Er ist gestern um die fragliche Zeit von der Bürgerwehr nach Hause gegangen. Name, Adresse, Handynummer, alles da."

Als sie zurück ins Büro kamen, lag bereits ein Blatt Papier mit allen Angaben auf Bachmaiers Tisch.

„Warum sind wir so schnell von Jankowski weggegangen? Der Mann lügt doch wie gedruckt! – vor zwei Tagen! Dass ich nicht lache", sagte Franzi.

„Weil ein großer Koffer mich neugieriger macht als die Machenschaften eines Winkeladvokaten. Vielleicht hat er sein Notizbuch und die Brille selbst hinuntergeworfen". Bachmaier streckte unterm Schreibtisch die Beine von sich. „Denk inzwischen nach, wo du einen großen Koffer entsorgen würdest."

Er rief in der Gerichtsmedizin an. Zwei Minuten später hatte er Professor Hofer dran und fragte: „Kann man den Zeitunterschied feststellen zwischen dem Schlag gegen das Genick und dem Aufprall auf der Fahrbahn?"

„Je kleiner, desto schwieriger."

„Halbe Stunde?"

„Kommt darauf an." Die Antwort war klar wie immer.

Bachmaier wandte sich wieder Franzi zu. „Na, schon nachgedacht wegen dem Koffer?"

Ohne zu zögern sagte Franzi: „In der Gepäcksaufbewahrung am Bahnhof."

„Die Spinde werden aber nach einer gewissen Zeit geöffnet."

„Diese Zeit hätte ich Zeit, mir etwas Besseres auszudenken."

Bachmaier bestellte daraufhin einen Spürhund samt Hundeführer.

„Aber eine Stunde wird es schon dauern", sagte der Mann von der Hundestaffel.

„Okay, wir überprüfen inzwischen den Zeugen."

Der Zeuge wiederholte nur, was sie schon wussten. Außerdem sei es dunkel gewesen, aber er könne ihnen auf dem Stadtplan die Stelle zeigen, wo er den Männern mit dem Koffer begegnete. Was er auch tat.

„Keine 300 Meter von der Augustinergasse in Mülln entfernt," sagte Franzi. „Nach der zweiten

Kehre. Dieser seltsame Einbruch in der Augustinergasse wird interessant."

Als sie ins Büro zurückkamen, wartete der Hundeführer bereits. Er deutete auf seinen tierischen Kollegen. „Das ist Rex, wie der Kommissar, nur ohne Wurstsemmeln."

Eine weitere Stunde später bellte Rex vor einem der großen Schließfächer und kratzte mit den Pfoten am Blech.

Der Koffer entpuppte sich als Glücksfall, fanden sie doch nicht nur Blutflecken darin, sondern auch den zweiten Schuh. Wie blöd konnten Leute doch sein, wenn sie Schiss hatten!

„Den Koffer hamma", sagte Franzi auf dem Rückweg. „Aber was jetzt?"

„Der Immobilienmakler. Oder hast du noch andere Einbrüche in Mülln auf Lager?"

Am späteren Nachmittag fuhren Bachmaier und Franzi nach Mülln in die Augustinergasse. *Immobilien Neuberger* stand auf dem Schild. Eine Dame im Businesskostüm ließ sie eintreten, die sich als Frau Neuberger vorstellte.

Sie kam gleich zur Sache. „Es ist furchtbar, wie viele Einbrüche hier stattfinden. Kaum einer von uns bleibt verschont. Und als ich heute von diesem Absturz gehört habe, habe ich sofort bei der Polizei angerufen. Ich hatte gleich den Verdacht …"

Bachmaier bremste sie ein. „Wann haben Sie bei uns angerufen, Gnädigste?"

„Angerufen? Heute, um neun."

Bachmaier blickte zu Franzi, der nickte.

„Und welchen Verdacht hatten Sie?"

„Dass der Absturz ..." Frau Neuberger stockte.

Irgendetwas stimmte da nicht. Bachmaier ging darüber hinweg.

„Und wann haben sie den Einbruch gesehen?", fragte er.

„Nicht gesehen, nur gehört. Der Lärm ist vom Haus unseres Nachbarn gekommen. Erst aufgeregte Männerstimmen, dann das Splittern von Glas, dann dumpfe Geräusche. Es muss gestern gegen acht gewesen sein. Nach der ZIB. Warum tut die Polizei nichts gegen diese Banden?"

Gegen acht. Eine Stunde zwischen Einbruch und Absturz, das konnte passen. „Waren es mehrere?"

„Was?"

„Sie sagten, sie hätten Männerstimmen gehört."

„Mehrere, ja. Mindesten zwei."

„Welcher Nachbar?"

„Wenn Sie rausgehen, rechts. Aber da ist heute niemand daheim. Das Haus gehört dem Neffen meines Mannes."

Bachmaier entschloss sich zu belanglosen Fragen. „Und Sie? Sind Sie jetzt alleine im Haus?"

„Jetzt? Ja, jetzt bin ich alleine. Mein Mann ist bei einer Wohnungsbesichtigung."

„Die Sekretärin hat schon Feierabend?"

„Ich bin die Sekretärin. Wir sind ein Zwei-Personen-Büro."

„Gestern um acht, waren sie da auch allein?"

Sie stockte plötzlich und nach zwei Sekunden sagte sie: „Nein, mein Mann war auch da."

„Aber er hat nichts gehört?"

„Sein Büro geht auf die andere Seite hinaus."

„Haben Sie mit dem Neffen schon über den Vorfall gesprochen?"

Sie zögerte wieder einen Augenblick. „Ja … heute. Wir dachten, dass Nachbarn sich gemeinsam gegen Einbrecher schützen sollten. Deshalb ist uns das alles so wichtig."

Bachmaier trug ein paar Worte in sein Notizbuch, klappte es zu und sagte: „Danke, Sie haben uns sehr geholfen." Er nickte Franzi zu und sie verließen das Haus. Sie schlenderten zum Haus des Nachbarn. Hinter keinem der Fenster brannte Licht, obwohl der Abend bereits hereinbrach. Bachmaier läutete an der Gartentür, niemand öffnete.

„Hast du das Fenster gesehen?", fragte Franzi, als sie außer Hörweite waren.

„Du meinst, da fehlt ein Fensterflügel auf der Terrasse im ersten Stock. Der ist vielleicht beim Glaser. Ich denke, wir kommen morgen wieder."

Am nächsten Morgen war auch die Spurensicherung dabei. Der Neffe Neubergers begrüßte sie, dann erschien auch das Immobilien-Ehepaar.

Als die Kollegen am Terrassengeländer Blutspuren fanden, packte der Hausherr aus.

„Er hat versucht, über die Terrasse zu flüchten. Wir haben ihn verfolgt, da hat er sich umgedreht, ist hier über diesen Stuhl gestolpert und mit dem Genick aufs Geländer geprallt. So war es, ich schwöre es! Mein Onkel hat mir nur geholfen, den Mann wegzuschaffen."

Bachmaier musste insgeheim zugeben, dass er diesen Hergang nicht für unmöglich hielt. „Hatte der Mann Beute bei sich? Schmuck gestohlen oder sonst etwas?"

„Nein, nichts. Er ist ja nicht mehr dazugekommen."

„Andere Dinge? Einen Walkman, einen Kalender?"

„Doch!" Der Onkel nickte heftig. „Einen Walkman, ja, in der Tasche seines Anoraks. Den haben wir drin lassen. … Kalender? Nein. Und ich schwöre, der Mann war schon tot, als wir ihn weggeschafft haben."

Bachmaier konnte Neuberger nichts Gegenteiliges beweisen. Er rief noch am Vormittag den Staatsanwalt an. „Sie hatten recht: Es war ein Unfall. Aber einer mit Leichenbeseitigung."

Franzi grinste. Da sagte Bachmaier:

„Willkommen im Team. Du warst super."

Waldesruh

Ach, Theodor! Du Geschenk Gottes!

Nur leider bist du ein Danaergeschenk gewesen. Schon von Anfang an.

Das einzig Positive an dir war, dass du einen guten Job hattest, mit dem du viel Geld verdientest. Ich stammte aus einer verarmten Adelsfamilie, du warst ein Parvenü. Ein zu viel Geld gekommener Prolet. Da konntest du leicht meine Wünsche erfüllen, soweit sie das Finanzielle betrafen. Aber ich war zwanzig Jahre jünger als du und hätte noch viele andere Wünsche gehabt, von denen du keine Ahnung hattest. Nicht einmal den Wunsch nach eigenen Kindern hast du mir erfüllt. Du hast es einfach nicht geschafft. Zumindest nicht bei mir.

Heute liegst du am Grund des Teiches und die Goldfische knabbern an dir. Du taugst nur mehr als Fischfutter.

Immer bin ich von dir abhängig gewesen. Dreißig Jahre lang. Du hast jeden Cent dafür ausgegeben, damit ich nicht zu arbeiten und mich auch sonst um nichts zu kümmern brauchte. Du warst ja so stolz darauf, dass du eine Villa und viele teure Autos erhalten und dir die ausgefallensten Reisen leisten konntest. Und mich. Ich war eines deiner Aushängeschilder und sollte es bleiben.

Bis vor fünf Jahren. Du warst zwar schon ein wenig gaga – vermutlich auch, weil du dem Alkohol öfter zugesprochen hattest, als dir guttat – trotzdem wolltest du uns noch einen geruhsamen Lebensabend bescheren. Wir sind hierher übersiedelt, in diese feudale Seniorenresidenz „Zur Waldesruh". Ein ehemaliges fürstliches Schloss. Wann immer ich dir damals gesagt habe, wo du auf den zahlreichen Dokumenten unterschreiben musst, hast du es getan. Zwar zittrig, aber noch leserlich. Einige Monate später konntest du nicht einmal mehr deinen vollen Namen schreiben.

Als du dich das erste Mal auf den Fluren der Residenz verirrtest und im falschen Geschoß landetest, im falschen Zimmer, führte ich dich ohne zu fragen zurück zu unserem Appartement. Damals hoffte ich noch, du würdest den Weg nicht vergessen. Dritter Stock, Appartement dreihundertvierzehn. Immer wieder habe ich es dir vorgesagt. Trotzdem fragtest du später an jeder Ecke, in jeder Liftstation: „Hildegard, wo sind wir? Hildegard, wohin gehen wir?" Um mir anschließend meine Hilfsbereitschaft vorzuhalten mit Worten so ähnlich wie: „Schieb dir deine weisen Ratschläge in den Arsch. Du tust ja, als wäre ich zu blöd, den Weg selber zu finden."

Ich habe sehr viel Geduld für dich aufgebracht, lieber Theodor. Erst als du mich als fremde Frau und alte Vogelscheuche aus unserem Appartement hast hinauswerfen wollen, ist bei mir ein Schalter gekippt.

Ab damals habe ich sehr viel nachgedacht – und auch im Internet recherchiert. Ach ja, das Internet. Mit dem konntest du dich nie anfreunden. Dazu bist du in den 90er-Jahren wohl schon viel zu alt gewesen. Immerhin hast du auf mein Ansinnen hin bei uns zu Hause einen Anschluss einrichten lassen. Alles, was du mit Geld hast erwerben können, hast du mir zukommen lassen. In der Weise bist du wirklich großzügig gewesen. Du hast damals auch nicht ahnen können, dass ich hier Möglichkeiten finden würde, dich ins Jenseits zu befördern.

Warum hast du dich nicht schon vor Jahren zu Tode gesoffen? Du hättest also schon an deiner Leber krepieren können, bevor wir hier eingezogen sind. Hier in der Residenz hattest du keine Chance mehr: sie hätten dir alle Flaschen weggenommen.

Zuerst versuchte ich es mit Pilzen, natürlich nur in der Phantasie. In Wirklichkeit hätte das nie geklappt. Alleine das Suchen im Wald wäre mir zu mühsam gewesen. Und wie hätte ich erkennen können, ob ich tatsächlich genug von der giftigsten Sorte gesammelt hätte? Davon zu kosten, schien mir kein geeigneter Weg zu sein, die tödliche Dosis festzustellen. Außerdem wären die Reste einer Pilz-Speise hier in der Waldesruh womöglich in falsche Hände geraten. Vergiften mit Pilzen schied also aus.

Ersticken wäre vielleicht eine geeignetere Methode gewesen. Du wärst im Bett gelegen und ich hätte dir ein

Polster solange aufs Gesicht gedrückt, bis du zu zappeln aufgehört hättest. Diese Methode ist ausgeschieden, weil ich nicht wusste, ob ich dazu stark oder schwer genug gewesen wäre. Außerdem wäre es möglicherweise zu einem Gerangel gekommen, und selbst wenn ich es gewonnen hätte, hätte die Polizei wohl Kampfspuren entdeckt.

Von wegen Polizei: Das war natürlich auch ein Faktor, den ich zu berücksichtigen hatte. Ich wollte nicht als Mörderin ausgeforscht und womöglich noch verurteilt werden. Da hätte mein Theodor sich nicht dafür ins Zeug legen müssen, dass wir unser Domizil in der Waldesruh aufschlagen konnten. Mir gefällt es hier und ich habe die Absicht, den Aufenthalt hier noch einige Jahre zu genießen. Also musste ich eine Möglichkeit finden, die gar nicht erst den Verdacht aufkommen lassen konnte, ich hätte bei Theodors Ableben nachgeholfen.

Ach, Theodor! Wie bin ich jetzt glücklich! Noch viele Jahre hier in einer wundervollen Gegend wohnen zu dürfen, am Rande eines herrlichen, im Sommer und Herbst nach Harz duftenden Waldes. Wo Bienen summen und Schmetterlinge von einem Strauch zum anderen torkeln. Ein wirklich schöner Lebensabend.

Naja, um mich nicht selbst um diesen Lebensabend zu betrügen, musste ich eine andere Methode finden, dich ins Jenseits zu befördern. Ich begann, die Nebenwirkungen deiner Medikamente zu studieren. Zuerst auf den Beipackzetteln, dann im Internet. Schließlich könntest du dir eine tödliche Überdosis selbst verabreicht haben. Aber das schied fürs erste leider auch aus, weil deine Medikamente von einer Krankenschwester aufbewahrt und nur in Tagesrationen an dich verteilt wurden.

Ich hätte aber einzelne Pillen heimlich aus deiner Pillenschachtel herausnehmen können, sie sammeln und dir eines Tages die volle Ladung auf einmal in den Nachmittagstee rühren. Dein Geschmacksinn war ohnehin schon verkümmert gewesen, jede Speise kam dir geschmacklos vor. Du hast jedes Mal den Salzstreuer über deinem Teller entleert, weil du vergessen hattest, wie oft du die Suppe oder die Fleischspeise schon gesalzen hattest.

Ich fand meine Idee gut und wollte ausprobieren, ob sie auch funktionieren würde. In einem Augenblick, als du verträumt oder vielmehr total weggetreten zum Fenster hinausgeblickt hast, habe ich deine Nachspeise, ein herrlich flaumiges Tiramisu, mit Salz überschüttet. Und dann gewartet.

Währenddessen überkam mich der Verdacht, dass du – wenn du für einige Zeit wieder einmal nicht auffindbar warst – irgendwo in der Residenz einen Freund hattest, der dir hin und wieder ein Gläschen Schnaps anbot. Eine Person, der es vielleicht gelungen war, eine Flasche Wodka in diese heiligen Hallen zu schmuggeln und jemanden brauchte, der ihr half, das Corpus Delicti möglichst rasch aus der Welt zu schaffen. Vielleicht aber bildete ich mir den Geruch nur ein, so wie du dir im Gegensatz dazu einbildetest, dass alle Speisen ungesalzen waren. Ich schob diesen Gedanken beiseite und grübelte weiter über die Medikamentenvergiftung.

Ich fürchtete schon, du würdest die Schicht weißer Kristalle bemerken, doch dann fiel mir ein, du würdest zum Essen der Nachspeise ohnehin nicht die Lesebrille aufsetzen. Du tapptest nach der Mehlspeisgabel und ich drückte sie dir in die Hand.

Leider bist du explodiert.

Du spucktest das köstliche Tiramisu zurück auf den Teller, aufs Tischtuch, in die Trinkgläser und weiß-Gott-noch-wohin … Mir saß der Schreck in den Gliedern: Jetzt würde es auffallen, dass ich die Nachspeise versalzen hatte! Ich war gefasst darauf, dass sie mich für unzurechnungsfähig hielten und beschlossen, in Zukunft jede meine Handlungen zu überwachen. Das Unpassendste, das ich brauchen konnte!

Aber das Serviermädchen kam, sammelte seelenruhig das Geschirr ein, stellte es in die untere Etage des Servierwagens und entfernte auch das angespuckte Tischtuch. Dann kippte sie das angestochene Tiramisu in ihren Abfallkübel. Und das alles schweigend und mit einem Lächeln. Jetzt verstand ich, warum die Heimleitung darauf bestand, Speisereste irgendwelcher Art sofort in den Müll zu entsorgen: Es war einfach hygienischer, als sie zwecks Wiederverwertung im nächsten Schweinestall zu sammeln. Niemand vom Personal kam auf die Idee, ich hätte das Tiramisu versalzen, weil alle wussten, dass Theodor selbst immer zum Salzstreuer griff. Aber aus meinem Plan wurde wieder nichts.

Trotz dieses Missgeschicks liegst du jetzt auf dem Grund des Biotops hinter unserer Residenz und starrst in einen Nachthimmel, den du nicht mehr siehst. Ich stelle mir vor, dass noch immer das Blut aus deinen Schnittwunden fließt und in blassen Schlieren durchs Wasser zieht. Vielleicht bist du morgen, wenn Frühaufsteher dich finden, schon ausgeblutet und das Wasser, das langsam durch den Teich strömt, hat sich inzwischen geklärt. Dann werden dich beherzte Leute herausziehen. Sie werden die Rettung alarmieren und die Polizei. Und sie werden die Blutspur finden, die von unserem Teich zu einer romantischen Bank im Wald führt.

Inzwischen dachte ich immer noch nach, wie ich dich aus dem Weg räumen konnte. Die meisten Ehefrauen greifen zu Gift, sagt man. Nun, ich konnte nicht einfach ins nächste Dorf fahren und mir beim Greißler Rattengift kaufen. Das wäre sicher aufgefallen. Die giftigen Pilze hatte ich schon abgehakt. Blieb noch die zweithäufigste Methode betrogener Ehefrauen, ihre Männer mit Küchengeräten zu erschlagen. Fällt aus, erstens bin ich zu schwach dafür und zweitens besitze ich keine Küchengeräte außer einer elektrischen Kaffeemaschine. Küchengeräte? Ist nicht ein Brotmesser auch ein Küchengerät? Abstechen? Ja, das kam auch häufig als Methode vor, setzte aber bei der ausführenden Person ein gehöriges Quantum an Emotion voraus, das ich meiner Meinung nach nicht hätte aufbringen können. Schließlich bereitete ich meinen Mord schon tagelang, ja wochenlang geradezu minutiös vor. Außerdem wäre eine solche Tat hier in der Residenz nur schwer zu verheimlichen gewesen. Die Beseitigung der Spuren wäre zum großen Problem geworden.

Die Spur, die jetzt den Tatort mit dem zukünftigen Auffindungsort der Leiche verbindet, sagt hingegen nichts über den Hergang des Mordes aus. Du bist – wie schon so oft – aus unserem Appartement verschwunden. Nach unserem gemeinsamen Abendessen hast du dich in deinen Rollstuhl gesetzt und bist davongesaust. Du hast dir ja einen elektrisch betriebenen anschaffen müssen, erstens, weil du immer schon mit teuren Fahrzeugen angegeben hast, zweitens warst du zwar auf mich angewiesen, hast das aber nie zur Kenntnis genommen. Während ich das Badezimmer benützte, hast du dich heimlich davongemacht. Bei deinen einsamen Ausfahrten in jüngeren Jahren habe ich schon immer daran gedacht, dass du eines Tages einen Unfall bauen und nicht mehr zurückkommen würdest. Besonders wenn du deine Ferraris und Jaguars ausführen musstest. An einen Unfall mit Rollstuhl hatte ich nicht gedacht.

Als dich bis um acht keiner der Residenzbewohner und niemand vom Personal zurückgebracht hatte, ja dich offensichtlich auch vorher nicht wegfahren hatte sehen, machte ich mich auf den Weg. Vorsorglich zog ich Handschuhe an. Die Sonne verschwand gerade hinter den Baumwipfeln im Westen, also nahm ich auch eine Taschenlampe mit. Du konntest mit deinem Gagamobil nur die asphaltierten oder zumindest gewalzten Wege benützen, deshalb wusste ich ungefähr, wohin du gefahren sein konntest. Die Waldpromenade beginnt an unserem Goldfischteich und führt kaum merkbar bergauf, nach Westen. Im vorderen Teil ist sie von Gartenleuchten schwach erhellt, später brauchte ich tatsächlich die Taschenlampe. Nach zehn Minuten fand ich dich.

Am Ende der Promenade gibt es einen Schuppen für Werkzeug, Schneeschaufeln und Streusand. Versperrt natürlich. Diesmal stand die Tür offen. Am Boden davor lag die zerbrochene Whiskyflasche. Offensichtlich hatte ich dein Schnapsversteck entdeckt. Ein paar Schritte daneben stand dein Elektrokarren und du hingst etwas verkrümmt über eine Armlehne zur Seite. Im Schein der Taschenlampe glitzerte Blut an deiner rechten Hand. Es tropfte langsam zu Boden, und du lalltest etwas Unverständliches. Die Flasche muss dir zerbrochen sein, vielleicht auch nur entglitten, und du hast dich beim Versuch, die Scherben aufzuklauben oder noch etwas vom Whisky zu retten, in die Finger geschnitten. Aber egal, meine Chance war gekommen.

Ich stellte dein Wägelchen auf Leerlauf und löste die Bremsen. Es war kein Problem, dich zurück bis zum Teich rollen zu lassen. Die einzige Hürde war das Geländer. Ich schaute mich um. Keines der Fenster drüben im Wohnblock war mehr erleuchtet. Nur hinter dreien flimmerte der Fernseher. Das Geländer besteht aus drei waagrechten Holmen zwischen den Stehern, ein Holm oben, einer eine Handbreit über dem Boden und einer dazwischen. Danach fällt die Böschung ganz sanft zum Teich hinab. Jeder Rollstuhl würde – wenn ihn schon nicht das Geländer aufhalten konnte – sicher im weichen Boden zwischen Schilf und Wasserpflanzen hängenbleiben. Und der ganze Teich ist wohl an keiner Stelle tiefer als einen halben Meter.

Doch an seiner schmalsten Stelle führt eine kleine Brücke über das Wasser, und das Geländer gleicht dem Geländer an den Böschungen. Auch hier würde jeder Rollstuhl hängenbleiben und keiner der Alten wäre fit genug, sich zwischen den Holmen hindurchzuzwängen. Trotzdem musste ich es versuchen.

Mein Theodor lallte immer noch leise vor sich hin und rüttelte mit erlahmender Kraft an seinem Gefährt. Er war nicht mehr ganz bei Besinnung. Ich riss mich zusammen und bugsierte den Rollstuhl auf die höchste Stelle der Brücke. Von dort lenkte ich ihn schräg gegen das Geländer, ein Rad überrollte den unteren Holm. Danach hing das Rad in der Luft. Ich brauchte das E-Mobil nur anzustoßen, bis es sich neigte und schließlich in

Schräglage hängenblieb. Theodor rutschte nach vor und fiel vom Sitz. Ein leichter Schubser genügte. Theodor glitt zwischen den Holmen durch, stürzte wie in Zeitlupe hinunter und versank im Wasser. Ein paar Luftblasen platzten an der Oberfläche, nachdem sich das Wasser beruhigt hatte.

Natürlich konnte ich in dieser Nacht nicht schlafen, weil ich immerzu lauschte, ob nicht jemand im Haus den Unfall bemerkt hatte, Hilfe herbeiholte oder zumindest die Rettung alarmierte. Nichts geschah.

Am frühen Morgen rief ich in der Rezeption an, meldete, dass mein Theodor wie schon so oft verschwunden sei, und beteiligte mich an der Suche nach ihm. Zuerst fanden wir den gekippten Rollstuhl, dann ihn. Später entdeckte das Personal im Schuppen im Wald noch eine ganze Batterie von Flaschen, die irgendjemand – vielleicht der Gärtner – versteckt und offensichtlich an trinkfeste Bewohner verteilt hatte. Gegen Taschengeld natürlich.

Du lagst am Grund des Teiches, starrtest in den Himmel, den du nicht sahst, und Goldfische knabberten an dir.

* * *

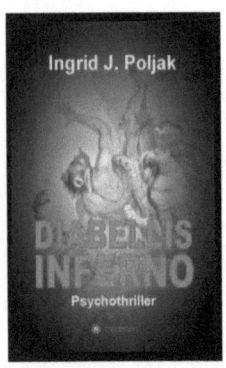

DIABELLIS INFERNO

Die Hölle im Kopf. Immer wieder wird Luc Diabelli von grausamen Bildern aus der Vergangenheit heimgesucht. Da passiert in seiner Umgebung ein Mord.
Peter Pisa: KURIER-Wertung ****

Die Hände des Doktor Kinich

Sechs unheimliche Geschichten
Dazu schrieb Edwin Baumgartner (Wiener Zeitung):
„Die Geschichten sind schlackenlose Meisterwerke des Unheimlichen und Bizarren …"

Bildermord

Der ehemalige Comic-Zeichner Henri soll Chef der Kulissenmaler werden. Doch da fällt auf den Vorbestraften der Verdacht, einen Mord und den Diebstahl eines Millionen-Bildes begangen zu haben.

Alles Theater

Sieben Kurzgeschichten überraschend, märchenhaft oder nur seltsam. „Da werden durch Andeutungen Erwartungen geweckt, die Realität bekommt Risse. (Edwin Baumgartner)

Ingrid J. Poljak lebt und schreibt in Wien. Im Alter von 13 Jahren entdeckte sie auf einem Dachboden das Buch "Der Geisterseher" von Friedrich Schiller/Hanns Heinz Ewers, es wurde zu ihrem langjährigen Kultbuch. Gleichzeitig begann sie in Ermanglung von anderen Büchern, die ihr gefallen hätten, selbst Romane zu schreiben.

Nach dem Studium an der TU Wien war sie viele Jahre als Architektin und nebenberuflich als Grafikerin tätig. Während dieser Zeit kam sie nur sporadisch zum Schreiben, einige Romane und Romanfragmente blieben liegen. Seit sie vor einigen Jahren den Beruf aufgegeben hat, widmet sie sich ganz dem Schreiben. Sie verfasst hauptsächlich Krimis, Thriller und mysteriöse Kurzgeschichten.

Homepage der Autorin: www.ingrid-j-poljak.com

FSC
www.fsc.org
MIX
Papier | Fördert
gute Waldnutzung
FSC® C083411

Zeitfracht Medien GmbH
Ferdinand-Jühlke-Straße 7
99095 Erfurt, Deutschland
produktsicherheit@kolibri360.de